国际大奖童书系列

小矮人的谎言

[英] 沃尔特·德·拉·梅尔 著

魏春泉 田寨耕 译

宗端华 廖国强 审译

南京大学出版社

图书在版编目(CIP)数据

小矮人的谎言 /(英)沃尔特·德·拉·梅尔著;
魏春泉, 田寨耕译. — 南京：南京大学出版社, 2017.5
（国际大奖童书系列）
ISBN 978-7-305-18353-9

Ⅰ.①小… Ⅱ.①沃…②魏…③田… Ⅲ.①儿童故
事 – 作品集 – 英国 – 现代 Ⅳ.①I561.85

中国版本图书馆CIP数据核字(2017)第052355号

出版发行 / 南京大学出版社
地　　址 / 南京市汉口路22号　　　　　邮　　编 / 210093
出 版 人 / 金鑫荣　　　　　　　　　　丛书策划 / 石　磊
项目统筹 / 游安良　　　　　　　　　　丛书主编 / 刘荣跃　刘文翔

丛 书 名 / 国际大奖童书系列　　　　　书　　名 / 小矮人的谎言
著　　者 / 【英】沃尔特·德·拉·梅尔　译　　者 / 魏春泉　田寨耕
责任编辑 / 邓颖君　　　　　　　　　　审　　译 / 宗端华　廖国强
特约编辑 / 方丽华　　　　　　　　　　编辑热线 / 025-83597572
美术编辑 / Chloe　　　　　　　　　　责任校对 / 朱　丽
内芯插画 / 李静潭
印　　刷 / 深圳市鹰达印刷包装有限公司
开　　本 / 700×1000　1/32
印　　张 / 6.125　　　　　　　　　　字　　数 / 125千字
版　　次 / 2017年5月第1版　2017年5月第1次印刷
书　　号 / 978-7-305-18353-9
定　　价 / 19.80元

网　　址 / http://www.njupco.com
官方微博 / http://weibo.com/njupco
官方微信 / njupress
销售咨询热线 / 025-83594756

目录
CONTENTS

教母的秘密

爱丽丝安稳地坐在火车车厢里，透过玻璃小方窗望着外面。在哐当哐当的列车行进声中，绿色的田野和山村扑面而来，可她并不是真的在看这些景色。近处的物体，飞速消失的树篱、吃草的牛群、奔跑的牛犊、树林、农场和在岩石间激起阵阵浪花的小溪，还来不及看上一眼，已在转眼间一晃而过。远处的物体，那些山脉、森林和塔楼，好像也在默默地往前边赶，仿佛想要拦截这头不停喘气的怪兽，不让它到达终点。

"真要那样就好了！"爱丽丝叹了口气，"那我会多开心呀！"一想到这里，她那双湛蓝的眼睛一下子瞪大了。不过她很快又焦虑地皱起了眉头，但她没有作声。她坐在角落里，轻轻握着妈妈的手，心神不宁、心情沮丧地猜想几小时后到底会遇到什么事。

　　爱丽丝和妈妈很少有机会能够像普通人那样，高高兴兴地结伴出游。那样的话，她们都会开心不已。这一次比较特别，到了弗瑞欣乡村小站后，爱丽丝将一个人独自往前走下去。她好慌张，因为那份奇怪的写得张牙舞爪的请帖只邀请了她一个人。妈妈现在还和她一道，可等一会儿她们就要暂时分别了。爱丽丝时不时轻轻地握一下妈妈的手，好像能够从中得到一些自信。她好害怕，再过几小时，就要和妈妈告别了。

　　爱丽丝不得不冒着风险从车站前往。当然，她们反复讨论过此行的计划和解决方案。在和接她的车夫讲好下一次接她的时间后，她就会上车离去，而妈妈则会在一间乡村客栈等她，直到傍晚她回来，然后一切就平安无事了。一想到回去时，沿路又会看到那些树林田野，爱丽丝就兴奋不已。

　　这样紧张真是可笑。爱丽丝不断地安慰自己，可是却没有一点儿用。一想到她的那位老得不能再老的老祖母，她心中就会产生一种预感。要是她再坚强一点儿，要是这位老婆婆（她的教母①）能够让妈妈一同前往，要是自己的心跳得不那么快，要是有一个车轮从车身上掉下来，那就好了！

―――――――――――――――――――――――――――――――

① 教母是基督教中洗礼仪式上为受洗者扮演作保角色的女性，即本文中爱丽丝说的外曾祖母。

不过，毕竟爱丽丝还从来没见过自己的教母。即便现在，她也不是很确信，教母真的就那么伟大。她想，即使是很厉害的人，也不会经常突然收到邀请，去和一个已经三百四十九岁的亲戚一道吃茶点吧。不但如此，今天这个特别的星期六，竟然是教母的生日，是她三百五十岁生日！

一想到此，爱丽丝脸上就流露出一丝不易觉察的微笑。生日从十七岁开始就成了一件"大事"。人生飞奔向前，就像正在发芽的豆子。头发需要开始精心梳理了（至少爱丽丝是这样的），裙子也要穿长一点儿的，你很快就长得亭亭玉立了。换句话说，

你真的就长大了。但是三百五十岁！到那个时候……你会不会活到那个年龄，都很难说。真到了那个时候，人也不会有多大变化了！一定不会的！

爱丽丝觉得，年龄可能才是关键，还记得当初刚刚步入十多岁时，自己曾经感到多么惊诧，也就不难料想，今后跨入二十多岁时，自己会害怕成什么样子。然而，如果仅从年岁来看的话，既然三个世纪都已过去，一个人也该对生日习以为常了。

稍显特别的是，这么多年了，教母从没叫爱丽丝去看过她。几年前，她曾经送给爱丽丝一个半镀金的杯子——那是她常用来喝啤酒的。这杯子来自于伊丽莎白统治时期，那时，教母才十岁。还有一张小的绵羊皮、一本用来启蒙的祈祷书，都是查理一世送给教母的，以及几样小而陈旧的黄金饰品。但是收礼物和与送礼物者见面交谈的感受可不一样，何况这个送礼者还那么神秘呢。想象一件未知的事是一回事，亲自遇见又完全是另一回事。教母长什么样子呢？教母会是什么样子？爱丽丝心中没有一点儿印象。八十岁以上的老婆婆也没什么特别的，但你不能把人变老这件事当成一道数学题，比如八十乘以四那么简单。

爱丽丝在想，也许一个人真正老了的时候，其实并不希望呆坐在那里，让人画成画像或拍照。即使在小时候，那种经历也给人留下一种僵化的感受。所以，如果你真的老了，你可能更想保持一种真正的自我。她今后就要这样做。

"亲爱的妈妈。"她突然从座位上转过身来，那一头缎带般的淡黄色直发从肩膀上滑过时，形成一道顺滑的波纹。

"亲爱的妈妈，我不知道进屋时该怎么办呢。屋里还有其他人吗？我要和她握手吗？她不会亲我吧？我真的不知道该怎么办。真不想离开你——你不要离开我嘛。"

她用手指使劲地摩挲妈妈那只手，越来越焦躁地凝视着妈妈脸上的表情。妈妈脸上也是一副完全茫然的样子。她知道，此刻自己和女儿一样，对这次行程也感到焦虑不安。

"不管怎么样，我们就快要到了，对吧，亲爱的？"妈妈轻声说道。"这事很快就结束了。"这时，在车厢不远处的角落里，一个胖胖的农夫发出一阵呼噜，他睡得正熟。妈妈接着轻声说："我想，你应该先问一下女仆，你的教母是否一切都好。就这样问，'切尼女士身体可好？现在可以见我吗？'她就知道你该怎么做了。我不能肯定，这位可怜的老婆婆现在还能不能说话，她的字倒是写得挺漂亮。"

"可是，亲爱的妈妈。以前，教母家里不是有很多奴仆吗？要是他们都在大厅里怎么办？我该什么时候起身和他们告别呢？

如果教母又聋又瞎又哑，我真的不知道自己该怎么办了！”

过去几天，类似这样的问题已经问了很多，但一个也没有得到解答。在亮丽的头发映衬下，爱丽丝的脸颊显得有点苍白，而妈妈的脸更苍白一些，这也许是在火车缓慢行进时，坐在老式火车厢里不太舒服的缘故。

“每当我遇到困难时，宝贝，”她凑近女儿耳边低声说，“我都会祈祷。”

“是的，是的，最最亲爱的妈妈。”爱丽丝一边说，一边看着那个熟睡中的胖胖的老农夫，“我只是不想一个人去！你明白的，我认为她不会是一个好教母——她对我的回复只字不提。她那么老了，这一点至少应该知道。”她脸上不觉又露出一丝神秘的笑容。她把妈妈的手指扣得更紧了，篱笆和牧场不断往后闪去。

她们实际上是在车厢里道的别，就是为了不让客栈里边的人和车夫看到这一幕。

“宝贝，我希望，”爱丽丝妈妈在她们长时间的别离拥抱中轻声说，“我们一会儿能像情人那样，带着烦恼的微笑分别。我们都不知道教母到底会怎样想，对吧？别忘了，我会在‘红狮子’咖啡厅等你——你知道的，亲爱的，那里有个招牌。如果时间充裕，我们还可以在那里吃顿晚饭，喝点汤，如果他们卖晚饭的话。无论多贵，都要吃上一只鸡蛋。在那种情况下，我想你们的茶点不会很丰盛。当然了，假如你的教母不是真想见你，她就不会发出这个邀请了。小乖乖，千万别忘了这一点。"

爱丽丝把她的头伸出窗外，直到妈妈消失在篱笆后边。轻便马车在尘土飞扬的车道上缓缓行走，走呀，走呀，这条路通往格兰奇。马车不停地走呀，走呀，爱丽丝心想，肯定已经走出很远了，于是把头伸出车窗对马车夫叫道："请问，去格兰奇，你知道的吧？"

"对啊，小姐，就是去格兰奇。"他大声应道，同时挥了一下手中的马鞭，"我当然不会把你带进公园里去，小姐。那不行的。"

"我真可怜。"爱丽丝叹息道，又重新坐回到发霉的蓝色坐垫上，"还有好几里路呢，大门就在公园后面。"

这是一个阳光明媚的下午。修剪过的树篱笆呈现出一片嫩绿色；春天的野花在河岸上星星点点地开着，有报春花、紫罗兰、葱芥和针脚草。爱丽丝的银色小表显示，才刚到两点半，她还可以开心一会儿。实际上，只过了几分钟，马车就停在了两扇锈迹斑斑的大铁门边。门前有四根石柱，上面站着石雕的鸟儿，展翅

低头，仿佛在沉思着什么。

"你肯定在六点钟回来接我吗？"爱丽丝尽量自然随和地对车夫说道，可听起来还是可怜巴巴的，"一分钟也别迟到，就在这里等我。"

车夫点了下头，扶了扶头上的帽子，拉着车辕里那匹老马调了个头，就离开了。现在只剩下爱丽丝一个人了。

爱丽丝回头最后看了一眼这条既熟悉又陌生的乡间小路，什么也没有出现。爱丽丝推开了两扇大门边上的小门。门在铰链上缓缓转动时，发出一阵嘲讽似的低低的尖锐的声音。门内耸立着一排高达二十英尺的紫杉林，一旁的角落里有一座四方形小屋，窗户上挂着百叶窗帘，古老的走廊上洒满了飘落的枯叶。爱丽丝停了下来。妈妈和她都没有想到过这种情况。她应该敲门还是径直走进去呢？

从外面看不清屋子里的情况。爱丽丝后退了几步，看了看屋顶上的烟囱，在深色的冬青树叶背景下，看不见一点儿冒烟的痕迹。一只从没见过的鸟儿惊叫着飞进了树林。

屋子里肯定是没人。不过还是应该确认一下。于是爱丽丝又走进门廊去敲门——可是没有人回应。过了一两分钟，她再次扫了一眼毫无生气的窗户。远处传来啄木鸟的歌声，偶尔会打破死一般的寂静，爱丽丝决定继续往前走。

狭窄过道的砂砾土上长着一簇簇苔藓，又浓又密，爱丽丝走在上面没有发出一点儿声响。路两边大树投下的树影十分阴暗，她甚至以为黄昏快要来临了，虽然现在还不到下午三点。巨大的山毛榉把硕大的丫枝伸向空中。古老树干上留下的黑洞，大得可以住得下一家人。透过古树的树枝，爱丽丝能看到远处巨大的雪松和更远处的树木。那些树下面好像有一群鹿在注视着她。但由于距离太远，她也不能十分肯定。

这些野生动物早就发觉她闯入了它们的栖息地，但它们显得很温顺，并没有想要逃开，只是转到一边看着她过去。小鸟跳到她够不到的地方，继续忙碌着。出于好奇，爱丽丝想尽量靠近一只大雄兔，它正在破烂的篱笆里细嚼着什么。摸到了！其实大雄兔是有意让她摸摸它毛绒绒的头和它那双耷拉着的长耳朵。

"唉！"她站起来的时候轻叹一声，她想到，既然兔子都那么温顺，这个老掉牙的老祖母的房子看来也不会太令人害怕。"再见了，"她对小动物们说，"我希望能很快再见到你们。"然后她又继续往前走。

不时地会有一棵佝偻着枝干的山楂树进入眼帘，偶尔还有冬

青树。爱丽丝早就听说冬青
树浑身长满了刺，这样就没
有动物能吃到树上的嫩枝，
损伤它们的叶子。但这些树
怪怪的，刺不知到哪里去
了；还有山楂树，尽管它们
一身翠绿，上面布满密集的
嫩芽，形状却几乎都是扭曲
的，就像还是幼苗的时候，
淘气的男孩给它们打了结似

的。宁静的空气是多么清新啊。清新的空气,高树下寂静的小道和头顶上蓝色的天空让她的心情轻松了不少。就在教母几乎从她脑海里消失掉的时候,突然间,树林里一节车厢映入眼帘。

然而那并不是一辆驷马大车,而是由两匹乳白色的马拉着的马车。硕大车厢上朱红色和黄色的漆已经斑驳不清了,穿着深红色制服的马车夫坐在座驾上,车旁还有一个步行的男仆。让人惊异的是,马车悄无声息地沿着一条长满青苔和杂草的弧形道路行驶,在一片绿草地上几乎看不出来。爱丽丝见它越来越近了,连忙站在一棵枝繁叶茂的栎树旁,紧贴着长满褶皱的树干。这一定是教母的马车,一定是她与世隔绝生活中的一次日常出行。然而并非如此。马车靠近了。她瞧了一眼里面褪色的红色摩洛哥装饰,车子就驶过去了,车里空无一人!只看到马车夫和仆人在遮阳板下的背影、扑了粉的头发和帽冠。

见到这一异乎寻常的情景,爱丽丝满腹疑虑。她蹑手蹑脚从藏身处走出来,赶紧往前走。她现在唯一的愿望,就是尽快结束这趟旅行。没过多久,房子终于出现在眼前。修剪过的平缓的斜草坪上看不见一朵花,草坪通向一道黑色的矮墙和灰色烟囱。右边有一个像镜面般平静的水池,周围树木环绕。水池后面是一脉平缓的青山。

11

爱丽丝在一棵巨大的灰色树干后面又停下来，以便看得更仔细些，这样她就不会被窗户里面的人发现。那栋房子好像一直坐落在那里，因为房屋自身巨石的重量而缓缓下沉，许多世纪后，就陷进了地里。附近没有灌木，也没有野花，只有一些粉色雏菊和黄色的蒲公英。

通往那低矮门廊入口的少有人走的古老小路旁，全都是绿色的草地和树木。"还好，"她叹了口气，自言自语道，"幸好我不住在这里，即使能活上一千岁也不住！"她挺直身子，瞄了一眼脚上的鞋，轻轻扶了一下系有丝带的草帽，心里顿时充满了力量，继续往前走去。

她轻轻拉了一下挂在门廊里的门铃铁链，里边响起了吱呀吱呀的门铃声。等了片刻，有人应答："来了，来了！"接着又陷入了平静。爱丽丝看着门上的大铁环，但没有勇气去按它。

门终于悄无声息地打开了。正如她所担心的，里边站着的，并不是一个穿戴整齐的友善的客厅女仆，而是一个穿着黑色燕尾服的老人。他浅灰色的眼睛注视着她，仿佛在看玻璃盒子里一只喂饱了的小鸟。要么是他的身形萎缩了，要么就是穿了别人的衣服，衣服松松垮垮地挂在他的肩上。

"我是爱丽丝·切尼小姐——爱丽丝·切尼，"她说，"我想我的曾、曾……祖母切尼小姐正等着我呢。当然，如果她身体还好的话。"她一口气说完了这些话。教母的老管家盯着她，牢牢记住了她说的话。

"请进来吧，"他最后说，"切尼小姐吩咐我，希望你就像在家里一样。她希望马上见到你。"然后他在前头领路，爱丽丝跟在后面，穿过了宽敞的大厅。厅里边的光线来自很低的绿色石头框的窗户。大厅两边各竖立着一套掀起了面罩的发亮盔甲。曾经在面罩后面熠熠生辉的眼睛，如今已了无踪迹，只留下一道黑缝。爱丽丝匆匆瞥了两侧一眼，便把目光聚在小个子管家的驼背上，上了三级光滑的楼梯后，来到一幅悬挂着的织锦下面。管家带着她继续往前走，最后到了走廊尽头，把她领进了应该是教母会客用的一个地方。管家鞠了一躬便离开了。爱丽丝长叹了一口气，解开自己灰色丝质手套的一颗扣子，随即又扣上，坐到了靠门边的一把椅子的边沿上。

这是一个较长但屋顶不高，也不宽敞的房间，头顶是方格天花板，墙壁也是格子墙，爱丽丝从未见过这样的家具。尽管内心羞怯得要命，但一想到母亲的纱质粉色小客厅，与之相比，她几乎要笑出声来。

就像在自己家里一样！唉，这里任何一个大柜子都能把她永

远藏起来，就像《槲寄生树枝》里那个小可怜一样。至于褪色相框架里那些肖像，虽然她马上明白他们一定是这里的"旧主"，因此尽可能庄重地看他们，但她从没想到过，这世上竟有人看上去如此奇怪和不友好。这并不是说他们的衣服、三角胸衣、开衩紧身上衣和宽大的天鹅绒帽子，而是说他们的脸——女士们额头高凸，手指尖细，还戴着大拇指环；男人们则是一脸愁苦、阴森的表情。

"哦呵！无名小姐！"他们似乎在说，"你来这里做什么？"

唯一例外的，是一个与她年龄相仿的女孩的画像。一顶带帽舌的精致帽子遮住了她的满头金发，一个项圈垂在胸前，淡黄色的连衣裙紧贴着腰部。这幅画的线条非常细腻，薄施水彩，画面非常洁净。那双眼睛凝视着低矮房间里的爱丽丝，似乎散发出生命的光芒。她嘴角露出半嘲讽半认真的微笑，似乎在暗示，你瞧，我多么可爱。微笑很快又消失了！爱丽丝从来没见过这么迷人的脸，但她感觉，这脸和自己依稀有一些相似。她也说不清，为什么这会让自己恢复了一点儿信心。尽管如此，她有意对这幅画报以微笑，似乎在说，"好吧，亲爱的，我会记住你的，无论发生什么事。"

时间过得真慢，偌大的屋子里没有一点儿声音，也听不见脚步声。后来，屋子另一头的门轻轻打开了。在深色窗户透出的绿光中，出现了一个人影。爱丽丝知道是谁来了。

　　教母轻轻地倚着领爱丽丝进屋的老管家的胳臂，两人如同影子一样悄无声息地进了屋子。他们停了一下，接着另一位男仆为女主人端来一把椅子。与此同时，老婆婆目不转睛地盯着眼前这位来客。这位老婆婆以前一定和爱丽丝差不多高，但现在，岁月使她萎缩得几乎像小孩子那样高。尽管她的小脑袋稳稳地立在瘦削的肩膀上，可她的双肩却像大门口那只孤单的石鸟张开的双翅一样。

　　"哦，是你吗，亲爱的？"一个声音叫道。可是这声音非常细小，以致爱丽丝突然紧张起来，生怕是自己产生了幻觉。

　　"听我说，是你吗，亲爱的？"那个声音重复了一遍。这下听清楚了。爱丽丝鼓起勇气向前迈出一步，膝盖仍在瑟瑟发抖。老婆婆摸索着伸出手——萎缩的手指关节就像鸟儿的爪子一样冰冷。

　　爱丽丝犹豫了一下，可怕的一刻终于来临了。她向前一步，向老太太行了一个屈膝礼，然后把冰冷的手指举到自己唇边。

　　"是的。"她说道。和妈妈再见面时，她向妈妈吐露心

15

声："妈妈，如果是教皇，我想我会吻他的脚趾。我真的会那样做。"

爱丽丝的教母在礼节上是做得非常不错。爱丽丝觉得那是一个满脸皱纹的笑容，的确是那样。她满脸皱褶，橡树似的脑袋上戴着一顶镶有银色花边的高帽子，就像她身上穿的长袍一样。丝绸手套遮住了她的手腕。她如此瘦小，爱丽丝不得不弯下腰才能够到她的手指。老婆婆坐在椅子上，就像一个大洋娃娃坐在那里，但这是一个了不起的洋娃娃，会发出声音，有思想、有感觉，能运动，简直超出了任何能工巧匠最大胆的幻想。那张干瘪的脸上，一双淡蓝苍白的眼睛忘我地注视着爱丽丝。管家和男仆低头站在一旁，看着女主人。然后，似乎有什么暗号似的，他们都鞠躬退下去了。

"坐下吧，亲爱的。"他们退下去时发出一阵叮叮当当的声音，接着是一阵压抑的沉默。爱丽丝凝视着老婆婆，那双像半透明玻璃一样的眼睛仍然在盯着自己。那双鸡爪一样的手，优雅地放在枯瘦大腿上的方形花边手帕上。爱丽丝越来越兴奋。"这栋老房子可真漂亮，我的外曾祖母。"她突然脱口而出，"那些树也很棒！"

但是，没有任何迹象表明切尼小姐听到了她说的话。爱丽丝认为她听到了，但是由于某种原因，老婆婆并不赞同她的话。

"过来。"那尖细的声音说，"过来，现在告诉我，这么长时间里，你都在干吗？你妈妈好吗？我想，我依稀记得见过她，亲爱的，那是在她嫁给你的父亲——詹姆斯·比顿先生不久之后。"

"我想，比顿先生是我曾祖父的名字，外曾祖母。"爱丽丝轻声说道，"你知道，我父亲的名字是约翰——约翰·切尼。"

"噢，你的曾祖父，是的。"老婆婆说，"我从来不怎么注意日期。后来又发生了什么事情呢？"

"发生了什么事情，外曾祖母？"爱丽丝回应道。

"后来的事？"老婆婆说，"在这世上？"

可怜的爱丽丝，她完全了解考历史时无法答题咬笔杆那种滋味，而现在老太太的问题，比她曾经遇到的任何问题都更让人难熬。

"你看！"教母接着说，"我听说过人们做的那些美妙的事，可是当我问一个非常简单的问题时，也没有人能回答。你有坐过蒸汽火车旅行过吗，有火车头的那种？"

"今天下午我就是坐那个来的，外曾祖母。"

"啊，难怪我看你的脸颊有点儿红。一定是因为那讨厌

的烟。"

爱丽丝笑了。"不是，谢谢你的关心。"她亲切地说。

"噢，维多利亚女王怎么样啦？"老婆婆说，"她还活着吗？"

"哦，是的，外曾祖母。有件刚发生的事，今年恰好是她六十岁的大寿呢。"

"唔，"老婆婆说，"六十岁。乔治三世在位六十三年，但他们都已成为历史了。我还记得我亲爱的爸爸参加完可怜而年轻的爱德华六世①的葬礼后，来幼儿园接我的情景。他是宫廷侍卫，这你知道，当时亨利八世②是国王。那个帅气的小伙子，他的肖像还在……某个地方呢。"

有那么一会儿，爱丽丝沉浸在模糊的回忆漩涡里，她在回忆历史书上读过的东西。

但切尼女士一连串的话语几乎没有停过。

"你需要明白，我并没有让你坐那新发明的可怕

---

① 爱德华六世（1537-1553），九岁即位为英国都铎王朝第三任国王，16岁就因年幼体弱而亡。
② 亨利八世（1491-1547），英国都铎王朝第二任国王。

的蒸汽火车到这么远的地方来听我唠叨童年往事。国王与皇后和其他东西一样，都会烟消云散。尽管我已经看到过很多变化，但在我看来，这世界和从前没什么两样。在我看来，报纸也不是一个好东西。当我还是个小女孩时，我们不需要任何东西也能做得

很好。即使在爱迪生先生的时代，每周有两份小报纸也足够了。但是，抱怨是毫无益处的，不能让你来承担这些责任。在我少女时代也发生过很大变化。那时候世界没这么拥挤，到处充满了高贵和美好。是这样的。"她眼神迷离，在那个穿浅黄色礼服的小姑娘画像上停留了片刻。"实际上，亲爱的，"她继续说，"我必须告诉你一些事，我希望你能认真听。"

她又陷入了沉默，同时握紧了手里的手帕。"我希望你告诉我的……"她终于说，暗地里从大椅子上往前靠了靠，"我急于想让你告诉我的，是你希望自己活多久呢？"

爱丽丝坐在那里，一动不动。来自北极的冰冷寒气似乎吹进了房间，席卷而来，在空气中凝结。她的眼睛茫然地在一幅又一幅画、一件又一件古老物件上搜寻——它们年代久远，了无声息，毫无生机——最后视线定格在了菱形玻璃窗上面杂草中一朵扬头开着的花上。

"我从来没有想过这个，外曾祖母。"她干渴的双唇间吐出低低的话音，"我并不知道。"

"好吧，我也不希望年轻人过于老成，"教母回答道，"也许，如果查理国王早点意识到——他博学多才，慷慨好施，是一个忠诚于人民的君主，我怀疑那粗鄙的家伙奥利弗·克伦威尔是否能将他赶下台，赢得胜利。"①

教母橡树果一样的尖下巴缩进了蕾丝花边里，像一只蜗牛钻进了壳里。直到这时，爱丽丝仿佛一直在同一幅精美的肖像或一个机器人交谈——那闪亮的眼睛、歪曲的手指、遥远的声音。但是，现在它体内似乎有了新的生命在躁动。教母的头悄悄地向两边转动，似乎要确定这周围没有偷听者。

"现在仔细听我说，孩子，我有一个秘密，只想告诉你。你可能会猜，不是吗，这是我第三百五十周岁生日。"听到这儿，爱丽丝脑海中突然闪过一种可怕的意识，自己竟全然忘了祝教母"生日快乐"。"可能你以为你会要遇见一个小伙和很多别的同伴——和你一样年轻快乐。但是并非如此。当然，即使你亲爱的妈妈，也只是我不知多少辈的孙媳妇。我确信，她是威尔莫特小姐。"

"是伍德科特，外曾祖母。"爱丽丝轻声说。

"是的，伍德科特，"老太太说，"这无关紧要。我的孩子，准确地说，我选中了你。我对男人们毫无兴趣。不仅如此，你的年龄和墙上那张肖像画里的我差不多大。这是汉斯·霍尔

---

① 1649 年，英国政治家克伦威尔经过两次内战获胜，处死了国王查理一世。

21

拜因的一个学生的作品。至于汉斯·霍尔拜因本人，我相信，早就已经去世了。哎呀，孩子，我还记得坐在这个房间让人画像呢，仿佛就发生在昨天。多沃尔特·雷利爵士对这幅画大加赞赏。你可能还记得他，他最后的结局并不太好。我回想起来，那事发生在我七十岁多一点儿的时候。我爸爸和他爸爸儿时在德文郡就是朋友。"

爱丽丝眨了眨眼，她无法将目光从教母的脸上移开，那木偶般的脸和纹丝不动的手。

"现在看一眼那张画！"老太太吩咐她，用扭曲的食指指着对面墙上，"看到相似之处了吗？"

爱丽丝长时间地注视那幅肖像。然而，她没有勇气，也不能虚伪地否认，那脸上的微笑跟自己或多或少有点儿相像。

"像谁，外曾祖母？"爱丽丝低声说。

"像谁？好吧，好吧，好吧！"她回答说，话音听起来像遥远的银铃声，"我明白了。我明白了……不过，不用去想它了。你来的时候，观察过这座房子吗？"

"哦，是的，外曾祖母。但你知道，我当然没有细看。"爱丽丝这样说。

"你喜欢它的外观吗？"

"我当时没想这事，"爱丽丝说，"树木和花园都很美。我从没见过这样的景色——茂盛的树木，外曾祖母。新叶萌芽，有些已经完全长出来了。这些树太奇妙了。"

　　"我指的是房子，"老婆婆说，"现在的春天已经和过去不一样了。我熟知的春天，已经从英格兰消失了。我还记得，在某个四月，在伦敦的小山顶上看到了天使。但现在这都与我们无关了。房子怎么样？"

　　爱丽丝的视线再次游离，停在了外面的绿色上，停在窗外摇曳的野草上。

　　"这是一座非常安静的房子。"她说。

　　孩子气的话语消散在厚厚的石墙间，接着是一阵沉默，就像井里平静的水。这时，正如爱丽丝意识到的，教母正用她那意味深长的目光目不转睛地看着她的脸。仿佛时光老人本身只是一个小孩子，他将这张苍老面容背后的时间，变成了他的秘密小凉亭。

　　"现在请非常仔细地听我说，"她终于接着说，"既然你长了一副和那张肖像画相似的面容，你一定也有无比的智慧。我已经太老了，孩子，我那愚蠢的虚荣心也就不该受到指责。在少女时代，我曾经非常享受别人对我的羡慕。现在我给你提个建

议，那需要用到你的智慧。不要惊慌。我对你很有信心。但首先，我希望你到隔壁房间去，那里已经准备好了一顿晚餐。我听说，现在的年轻人需要不断吸收营养。真是奇怪啊！他们已经全然忘了我所知道的一个女士应当表现的礼仪，一点儿都不会了。太奇怪了！有这些可怕的机器，我总是听到人们的不满、愚蠢、吵闹和混乱。我年轻的时候，穷人和卑微的人都安分守己。孩子，他们很清楚自己的地位。年轻时，我可以对着一小块简单的刺绣满足地坐上几个小时。只要我需要管教，我的母亲从不会吝啬责罚。但我并不只是邀请你来听一个老太婆说教。等你恢复心情后，你去房子里逛一会儿。想去哪儿都行，四处看看，没人会打扰你。一个小时后再回到我这里来。现在我要睡一会儿。到时候我会等着你。"

爱丽丝松了口气，从椅子上站起来。她再次朝对面这个一动不动的瘦小身影鞠了个躬，穿过深色的橡木门退了出去。

她发现自己所在的房间非常小，呈六边形，墙上镶嵌着黑色的老橡木。天花板上挂着一个铜制的枝状蜡烛灯台。透过铅框的窗户玻璃，她能看到外面花园里的大树。令她沮丧的是，那个陪着男管家和教母出现的男仆，正守在桌子后面的椅子边上。爱丽丝总觉得，男仆蓄白色的长胡子不合适，也许园丁除外。可那个老眼昏花的男仆就在这里。她必须背对着他坐到椅子上。她轻咬着水果、面包、丰盛的蛋糕和他放在银盘里的各种甜点。她喝了一小口饮料。可是这顿饭吃得匆忙而又紧张，她也无心去品尝味道。

下午茶一结束，仆人就为她开门。她开始了对这栋荒凉的大房子的探索之旅，影子成了她唯一的陪伴。她感到一种前所未有的孤独感，她从未如此强烈地有过这种茫然。长长的走廊，低矮弯曲的横木门，漆黑不平的地面，波斯地毯，挂毯与门帘上唯一可爱的颜色也被阳光晒得褪了色；倾斜的楼梯，笼罩在墙壁之间的肃穆气氛，各种各样的画、大床、数不清的过时保险箱、沙发床、储物柜——这一切在短短几分钟内就让爱丽丝疲惫不堪，比她早上从家中出发的漫长旅途更让她疲惫。上楼，下楼，她四处闲逛，像是要寻找《鹅，鹅，鹅》那古老童谣里的世界。

最后，爱丽丝叹了口气，瞥了一眼那只亮亮的银色小腕表，那是妈妈送给她的生日礼物。细小的指针告诉她，回到外曾祖母的房间之前，她还有一刻钟的时间。

她立即发现，自己所在的这间屋子像一个小图书馆。从天花板到墙壁，都摆满了四开本的旧皮革书和旧羊皮纸书，地上还堆着十二开本的书。书籍之间悬挂着各种画像。看着那几十幅人物

25

小画像，她猜他们一定是自己不知多少代以前的祖先。

正如那些晦涩难懂的题字所表明的，其中一两幅画一定是那些朝代的君王送给家族的礼物。在华丽的服饰、假发、头巾和艳丽装饰物下，他们看起来好像是一场花式服装舞会上的客人。

浅浅的弓形的窗户上有个低矮的架子，上面是张挂毯。铅框的窗户是开着的。太阳已经西斜，阳光斜照在窗户镀金、乌木和用钉子挂起来的象牙上。爱丽丝在窗台边跪了下来，她似乎进入了梦境，她的目光望向远处的巨大橡树，树尖的嫩芽金光闪闪，雪松伸展着那黝黑的树枝一动不动——说不定那是菲利普·悉尼爵士[①]从西方带回英格兰的树种。

萦绕在她脑海中的这些想法，就像在水塘池面上渐渐下沉的蠓。她越来越深地陷入了笼罩着这栋老房子的宁静肃穆中。房子的墙壁就像是巨大的潜水钟，沉入了深不可测的时光海洋。窗外四月的空气如此宁静甜美，她能听到吃草的鹿群逐渐靠近了屋外草坪的声音。

她坐在大门口，沉浸于自己的遐想中时，突然意识到有一只从未见过的小动物，正悄悄靠近离窗台几步远的地方。一双清澈

---

① 英国作家政治家及军人，曾经游历欧洲。

的棕色眼珠，平静地注视着自己。它体型比鼹鼠大一些，深色的厚皮毛就像海狸的皮毛，长着一条毛茸茸的尾巴。头上竖着一对耳朵，下巴长着银色的胡须。它直着腰坐在那里，像一只正在讨肉吃的温顺小猫或小狗。这时，爱丽丝能够看到它象牙般的小爪子。唉，爱丽丝没有东西能送给这位小客人，连一个樱桃核或一点儿面包屑都没有。

"喂，你这漂亮的小东西，"她低声说，"你到底是什么？"

小家伙的胡须轻轻晃动，它的眼睛专注地盯着这个陌生人。爱丽丝小心翼翼地伸出手指。

让她惊讶的是,她竟然能轻轻抚摸那毛茸茸的鼻子。"我觉得就像是在仙境里一样。"后来,她向妈妈这么解释。鼻子的主人一动不动,一声不吭,似乎很享受这小小的礼遇。她缩回手指时,它就更加专注地盯着她。它用那象牙似的小爪子在橡木窗扉上不停地刨,询问似的看了她一眼,那颗毛茸茸的脑袋使劲摇了三下,停了一下。爱丽丝都还没来得及和它道别,它就迅速转身蹦跳着离开,躲进了巨大的雕花橱柜后面。

尽管我们无法理解,生活中这样不起眼的小事件究竟意味着什么,但似乎意味着好兆头吧。对这个小家伙和爱丽丝来说,也是如此。她好像没有意识到这点,她好像在思考一道代数题或几何题,而生活中的小事已经给了她答案。这想法多么美妙啊!尤其在爱丽丝既不知道问题,也不知道答案的时候。

她又看了一次表。当她意识到和外曾祖母约好的时间已经晚了十分钟,脸立即红了。她必须得走了。尽管如此,返回之前,她还是依依不舍地看了眼这梦幻般的大花园。

可是,当她最后寻路返回时,却发现自己完全迷路了。这栋房子就像一座沉默的迷宫,里面的通道和走廊错综复杂。每次尝试寻找新的出路,都让自己更加迷茫。突然,她发现自己进入了一间与先前所见大不一样的房间。石砌的矮墙,关闭的百叶窗

布满灰尘。除了一把椅子，里面什么也没有。椅子上放着一幅她先前见到过的肖像画，画中人和真人一般大，正抿嘴微笑。她闭着双眼，两颊微红，金发闪亮，双手随意地放在膝盖上，其中一只手拿着一束干枯的玫瑰花。这幅毫无恶意的画像竟让她惊慌失措，其中原因，爱丽丝也说不明白。她惊恐地盯着看了一会儿，就出门逃走，仿佛身后有梦魇在追赶她。她跑下一条走廊，又跑上另一个走廊，最后竟幸运地回到了先前吃点心的房间。她站在那里，手捂着胸口，好像缓不过气来似的。她被吓坏了。"但愿，但愿我从来没有来过这座房子！"这是她被吓坏时的想法。

再次走进外曾祖母的房间时，教母还在睡觉，这使她松了口气。现在爱丽丝可以随意观看，而不被别人看见。

爱丽丝的一个叔叔，她妈妈的一个兄弟，一个老单身汉，非常喜欢送别人生日礼物，因此，爱丽丝拥有比大多数孩子更多的玩具：木制的、蜡制的、瓷器的；荷兰的、法国的，还有俄罗斯的，甚至还有安达曼群岛的，可没有一个像戴着银色花边帽子的那张娃娃脸那么安静祥和。你无法形容它的特点，没有一丝笑容，也没有皱眉的痕迹，但上面布满了细微的皱纹，从眉毛直到眼皮，使得它像一幅图案精美的地图。

爱丽丝依旧细细查看着，就像个寻宝老猎人仔细查看秘密岛

屿的地图一样。这时，教母醒了，双眼一睁开，就恢复了清醒的意识。

"啊，"她低声说，"我好像度过了一次漫长的旅程，但我听到了你的呼唤。发生了什么事？我很想知道。"声音越来越低，"当一个人冒险到听不到任何谣言的时候，会发生什么事呢？能回答我吗，嗯？不过这并不重要。先回答一个更重要的问题。请你现在告诉我，你觉得我的房子怎么样？"

爱丽丝舔了舔嘴唇。"那个，外曾祖母，"她终于设法回答道，"那需要些时间。这房子让人惊奇，但是太安静了。"

"需要什么东西来打扰一下吗？"教母问。

爱丽丝摇摇头。

"告诉我，"她清脆的声音穿过空气，发出一种奇特的铿锵音调，"你愿意拥有这座房子吗？"

"拥有这座房子，我？"小姑娘怔怔地说道。

"嗯，你拥有，永远——以人力而言。"

"我不大明白。"爱丽丝说，小脑袋歪着，像只好奇的小鸟。

"当然，我的孩子。我说完你才会明白。我现在给你的这一礼物，是世人难以企及的礼物。不光是这座房子，孩子，还有这里的一切，所有这一切。这里的生活。我的父亲，你一定知道，是个旅行者。那时的男人都喜欢冒险。就在这间屋子里，当他完成一次漂泊多年的旅行归来时，他对还是小女孩的我讲了一个贫瘠山区的冰雪和悬崖峭壁的故事。我相信，他看到的是中国西部。这是他从那里带回来的秘密。这个秘密令人伤心的原因，使得他不能继续保守秘密。孩子，他只能把这秘密告诉我。你会意识到，有朝一日，我继续活下去的愿望会渐渐淡去。我有时已经感到厌倦了。但在我离开之前，我有权——也有义务——将这个秘密告诉另一个人。看着我！"她的声音略微提高，就像鹪鹩在有低沉回音的房间里发出一声尖厉的叫声，"我现在就把这不可估量的宝贝交给你。"

爱丽丝笔直地坐在椅子上，不敢转眼往旁边看一下。

"秘密，外曾祖母？"

"是呀，"教母闭上眼睛继续说道，"你听着，我现在就悄悄地告诉你。孩子，想象一下无限时间的奥秘！想象一下远离世间的一切罪恶和烦恼的生活！一种恐惧，所有恐惧中最可怕的恐惧消失了，或者说遥远到你无法预知其结果。你想象一下。"

爱丽丝的眼神瞬间游移了一下。她瞥了一眼窗外夕阳快速变换的色彩。鸟儿在窗外鸣唱，春天正匆匆远去。

"放轻松点，别怕我。我要提一些条件。你必须发誓，不

把我告诉你的任何一个字透露出去——连你妈妈也不行。其他的就很容易了，相对容易一些。你搬来和我一起住。房间已为你准备好了，有图书、音乐、马匹，还有仆人伺候你，你需要的应有尽有。这房子里收集了很多珍贵古老又美丽的东西，花园也很宽敞，比你从最顶上的窗口看到的还要宽上好几英里。到合适的时候，这些都归你一个人。但你可能会因为想念老朋友而难过。我听说，告别是件难过的事。但是，一切都会淡去，都会消失。时间久了你就不需要有人陪伴了。和我一样老的仆人不难找到，他们都谨慎小心，也应该很忠诚。我们将在一起平和地交谈。我有很多事要告诉你。亲爱的孩子，我渴望与一个富有生机的灵魂分享我的回忆。这房子有一些厢房你进不去，因为它们被门栓和围栏隔开了。厢房里面有很多东西可看，有许多令人流连忘返、令人惊叹的秘密。我亲爱的孩子，现在告诉我，你认为我的提议怎么样？记住，即便是无上荣耀的所罗门①，也无法给你我给予你的这一切。"

老人的头垂了下来，仿佛很疲劳，颤抖的手指漫无目的地摸索那张蕾丝手帕。爱丽丝那可怜的小脑袋瓜又一次深深地困惑

---

① 所罗门：古代以色列王国的第三任国王。

32

了。眼前的房间似乎在旋转。她把眼睛闭上了一会儿，徒劳地想要冷静思考那个遥远的声音一直对她说的那些话。她还不如努力地睡过去，以摆脱这场梦编织的网，一场噩梦的陷阱。她现在唯一能听见的声音，是花园里小鸟的歌唱以及自己的鞋子踏在地板上的声音。她听着听着，又清醒过来。

"你的意思是，"她低声说，"一直活下去，就像你一样，外曾祖母？"

教母没有回答。

"如果真这么好，我想请求，能多给我一些时间考虑考虑吗？"

"考虑什么？"教母说，"像你这样年纪的孩子，就算考虑三个世纪，也没法想明白吧？"

"不，"爱丽丝说，她突然有了勇气，"我的意思是，考虑你所说的话。你说的我还完全不理解。"

"意思就是，"教母说，"犹如辽阔无边的大海，无限的空间，无穷的时间。这意味着远离世界上那些糟糕的事，比如焦虑和罪恶，摆脱那些野蛮的愚蠢。你现在还小，可是谁说得清呢？孩子，这意味着推迟去见那个老朋友的时间。他的名字是死亡。"

她低声说出这番话，声音里似乎透出一种让人妒忌的愉悦。

33

爱丽丝浑身一颤，但这一次她更加坚定。她从椅子上站起身。

"我知道我还小，懂得不多，外曾祖母，但我不会做任何伤害你感情的事。当然，我知道大多数人都有一段非常艰难的时期，而我们中的大多数人都没有那么聪明。你说到了死亡。而我认为，希望你能原谅我这样说，我会说我愿意去面对死亡，我是说，在我该死的时候。你瞧，要是妈妈已经离去……我意思是，要是妈妈不能共享这个秘密，那对我来说将是一件非常伤心的事。即使到那个时候……为什么我们不能共享这个秘密呢？我确实知道，今生今世，我们都没有多少时间变得明智。但当你想到那些人曾经——"

"听我说，孩子，"教母打断了她，"你应该回答问题，而不是提问。我现在并不困倦，因此也不需要睡觉。但可以肯定的是，你已经足够大了，应该能够懂得，即使在一千个人里面，不对，在十万人里面，也没有一个人有望变得明智起来，就算他活到世界末日。"

她身子前倾，在椅子边上往前挪了一点儿，"孩子，如果你拒绝的话，就意味着这个秘密将伴随我一道消失，除非——"她的声音变成了喃喃自语，"除非你同意分享它。"

爱丽丝盯着教母，就像一只小鸟盯着一条毒蛇。而她做出的唯一回应，就是拼命摇头。"啊，"她哭了，突然间放声大哭，"我简直没法告诉你，我对你的仁慈是有多感激，而我对你这样说的时候，我自己有多痛苦。但是，切尼小姐①，我现在能离开了吗？我感到要是在这里再多待一分钟，就会发生什么可怕的事情。"

---

① 为表示尊重，西方人有时也称没有结婚的老年女性为"小姐"。

教母坐在椅子上，似乎在努力挣扎，想要摆脱这把椅子，但她没有力气站起来。她抬起那只爪子般变形的手，举到了空中。

"那你马上走，"她低声说，"马上。我的耐心是有限的。那一天真的来临时，你就会想起我的好意，到那时候你就会希望当初该接受……哎，哎！"虚弱的声音如蚊子声音般刺耳，最后安静了。话音刚落，老管家急匆匆赶到了外面那道门前，爱丽丝已经从另一道门走了。

直到房子完全消失在身后的浓密树林之后，爱丽丝才放慢步伐，调整了呼吸。她之前疯狂地奔跑，甚至不敢停下来回头看一眼，就好像自己的守护天使紧跟在身后，扇动着翅膀引导着她逃离危险。

那天傍晚，她和妈妈来到"红狮子"咖啡厅，坐在挂着红色窗帘的舒适温馨的咖啡屋里，一起慢慢抿着一大杯马德拉白葡萄酒。爱丽丝从来没对妈妈保留过什么秘密。尽管她将今天下午发生的事情大多告诉了妈妈，但对切尼小姐邀请她此行的目的，她无法说服自己吐露一个字。即使到后来，也没有说过。

"你说的是真的吗，最最亲爱的，"当她们在寒冷的春夜里坐在乡村火车站的旧油灯柱下等火车时，妈妈按着她的手，不止一次地重复问道，"你的意思是，她连一个小小的纪念品都没有给你，那可怕的老房子里的奇珍异宝，她一样都没有送给你？"

"她问了我，亲爱的妈妈，"爱丽丝说，同时把脸转向那幽暗的铁轨——她们即将由此踏上归途，"她问我想不想活到像她一样老。说实话，我说我更喜欢保持现在这个样子，只要能够和你在一起。"

这可真是件怪事——假如站长正看着她们的话。但是，不管多怪，此刻，女儿和妈妈已经转身用手臂搂住对方的脖子，欣喜地亲吻彼此，就像她们各自经历了漫长旅行后的第一次重逢。

爱丽丝说教母没有送她任何礼物，这说法其实并不准确。过了一两天，她收到一个邮寄包裹。拆开层层折叠的包装后，爱丽丝发现里面包着那天她在墙上看到的那幅肖像画，那一天似乎已经很遥远了。著名的汉斯·霍尔拜因的学生画的这幅画，描绘了外曾祖母在1564年的样子。那一天，她刚满十七岁。

稻草人

波索夫老先生住的屋子，已经褪色成了月见草的淡黄色。这是一幢长长的房子，只有两层楼，但即使站在底楼窗前，也可以越过下面的草地，眺望远方那一片晨光初照的亮绿色。一条狭长的走廊遮蔽了楼下的窗户，走廊倾斜的铜制雨棚如今呈现出浅灰绿颜色。铁线莲和茉莉花围绕着细长的走廊立柱，费力地往上爬。走廊两端分别有一个低矮的、饱经日晒雨淋的石头底座。上面立着两尊铅制的半人半羊的农牧神——其中一尊隔着桂竹香和石竹花对另一尊吹着无声的笛子。石竹花仍然盛开着，洁白如雪，使空气中充满了类似麝香一样的味道。

小闹钟刚刚鸣报十点，波索夫老先生穿着白色夹克，和小侄女雷迪茜亚从早餐室的法式落地门窗里出来。雷迪茜亚说话、走路和转头都迅速灵敏，活像一只鸟儿。波索夫老先生本人就很像

一只鸟，眼睛像，鼻子也像，但是属于腿长、高大、严肃的那一类，像火烈鸟和鹳鸟。他们停下来，眺望着外面的草地。

"啊，提姆叔叔，真是个可爱的早晨！"雷迪茜亚说道。

"一个可爱的早晨，"波索夫先生说，"就好像专门为我的小朋友安排好的一样！雷迪就像可爱的一天。她来了，然后又离开。"

"啊，提姆叔叔，"雷迪茜亚说，"这叫奉承。"

"保佑我吧，亲爱的，"波索夫先生回答道，一边从眼镜片下面看着她，"这叫什么一点儿也不重要。"

"啊，我全都知道！"雷迪茜亚说，"想一想，我这次来，离上次已经整整一年了！可是这儿一点儿都没变，真让人难以置信！这不是很有趣吗，提姆叔叔？嗯，我想是的。"她急忙说，边说边扭动着细脖子上的脑袋，"那边柳树旁有一个叫弗克斯的怪老头。他一点儿都没变。"

"是的，是的，"波索夫先生说道，眼睛凝视着草地远方，"亲爱的，说他一点儿没变，其实也不大准确。他的帽子变了。去年是顶旧帽子，而现在变成了一顶非常旧的帽子，一顶旧得扎眼的帽子。难怪他总是用帽檐盖住一只眼。但是不管你盯着他看多久，他会盯着你看更久。"

雷迪茜亚继续凝视着稻草人，微微皱起眉头。"你知道，他有点古怪，提姆叔叔——如果你观察他的时间足够长久的话，你很容易假装没有认真看他。你好像忘了，"她郑重其事地说道，"上次我在这儿的最后一个早晨，你亲口答应我，要把关于他的所有事情都告诉我。但你没有，因为我正要提问题的时候妈妈进来了，过后你就忘得一干二净了。"

　　"呃，确实如此，"波索夫先生说道，"记忆衰退就像袋子出现一个漏洞，就会这样。馅饼脆皮一样的诺言就是这样的——在嘴里就融化了……尽管如此，那就是老乔，没错。太老了，亲爱的，你都几乎无法把我们区分开来！"

　　"你不能这么说，提姆叔叔，这样说不对。你是最年轻又最老最好的提姆叔叔。但当时你准备给我讲一些老乔的什么事？他从哪里来？他来干什么？不是有一首关于老乔的歌曲吗？说的就是他吗？现在就讲给我听吧。"雷迪茜亚喊道，"咱们就舒舒服服地在这石头上坐会儿吧。你摸！这些石头像烤面包一样暖和，是太阳晒的！现在就开始讲吧。求你了，提姆叔叔！"

　　波索夫老先生坐下来，雷迪茜亚也跟着坐下了——二人并排坐着，就像庞齐先生和他的狗狗托比一样。下面就是他讲的关于老乔的故事……

"我得从头开始讲，雷迪茜亚，"他开始说道，"有始才有终嘛。当我像你这么大的时候——大约39年前——我时常去和我妈妈——也就是你祖母——的一个老朋友待上一阵子，她的名字叫萨拉·朗姆。她是个胖女人，黑色头发油光发亮，圆圆的脸庞泛着红晕，指关节上都有小窝。我记得她常常戴一顶紫水晶色的天鹅绒帽，帽子扁平，盖过双耳。肩上还有一个花边装饰。现在回想起来，依然记忆犹新。她宽宽的脸庞上堆满笑容，肥胖的手指上戴着绿紫水晶宝石钻戒，连她脖子上戴的那根大大的翡翠胸针我都还记得。她不是我姨妈，也不是我的教母，但她对我特别好，几乎像我对你这么好！她也很喜欢吃喝。她有个厨师，会做各种美味的点心——包含七颗无核葡萄干和九颗醋栗的布丁、果酱、果冻、奶油山莓、带馅油炸面团、煎饼、酒心蛋糕，都是我吃过的最好吃的点心。她为圣诞节晚宴做的填料鸡蛋和牡蛎肉馅饼也很好吃。我真是大饱口福！"

"啊，提姆叔叔，"雷迪茜亚说道，"你小时候真贪吃。"

"更糟糕的是，"波索夫先生说道，"我长大以后也没有改掉这个习惯。吃午餐的时候你就会看到。如果我是个预言家，我现在已经能闻到苹果布丁的香味了。不过别去管那些。吃的做好之前，那些都没用。但是雷迪茜亚，我肯定你会同意，我的老朋友朗姆太太正适合做食欲旺盛的小男孩的朋友。这种情况当然总是发生在假日期间。在那个年代，尽管学校有许多艰巨的任务，也比不上假期里的任务恐怖。亲爱的，假期任务总让我想起想出去游泳的那位年轻姑娘。"

　　妈妈，我可以去游泳吗？
　　可以，我亲爱的女儿。
　　把你的衣服折叠整齐，
　　别靠近水边。

"这首诗我知道，"雷迪茜亚说，"标题是《把你的衣服挂在山核桃树枝上》。"

"好极了，"波索夫先生说道，"你背诵一首给我听听！"

　　妈妈，我可以去游泳吗？
　　可以，我亲爱的女儿。
　　把你的衣服折叠整齐，
　　（至少提姆叔叔是这么说的），

或者把它们挂在山核桃树枝上

（雷迪茜亚就是这样对他说的），

别靠近水边。

"亲爱的，我的意思是说，在那个年代，没有哪个听话的小男孩在假期会待在家里发闷，只知道一个劲儿死读书。如果可以选择，他宁愿拿出自己一半的零花钱来找人代读。但这种情况在我们中间也很常见。我们绝不能批评我们的长辈。不管怎么说，在我的老朋友朗姆太太家里不需要。真是天赐之福。"首先，她的家是一幢古怪的不规整的老房子，比我的房子还老得多，而且至少有我的房子的三倍半那么大。其次，房子周围是美丽的乡村；田野通向阳光明媚的斜坡，山顶上、山坳里和山谷里的小树林和灌木丛往前延伸；还有一条小溪哗哗地流过狭长而倾斜的花园下面的石头，那里有芦苇、灯心草和各种水鸟。但我讨厌描述，你呢，雷迪茜亚？还有那里，那儿有一个果园，里面种满了樱桃树，春天的时候，果园看起来就像铺了一层厚厚的雪。哎呀呀，要是哪天我上了天堂，孩子，我希望能再见到那样的房子和花园。"

"房子还在吗？"雷迪茜亚问道，"我是说，在它原来的

地方？"

"唉，亲爱的，不在了，"波索夫先生说道，"一去不复返了。之后来了个厨师，不是朗姆太太的厨师。有天早晨，她在油炸比目鱼——布莱顿比目鱼——做早餐时，那只猫尖叫，还抓她的腿，使得她不小心把平底锅给弄翻了，引发了一场大火。她尖叫着跑进花园，而不是采取灭火措施。于是，那幢老房子被烧为灰烬，夷为平地。想想那个情景，雷迪茜亚。所以要随时提防猫和脂肪。万幸的是，当时我亲爱的老朋友朗姆太太不在家，而是住在锡伦她弟弟的家里，那个糟糕厨师带来的浓茶，就是锡伦产的。"

"在那些遥远的日子里，鸟儿是我的全部幻想。我很喜欢鸟，不忍心用弹弓去射它们，但我忍不住设套去捉它们，捉来做宠物——用砖头和筛子做的陷阱。但是你愿意做一只被关在小屋笼子里的赤胸朱顶雀、云雀或红腹灰雀，就为逗一个淘气的小男孩开心吗？"

"不愿意，"雷迪茜亚说，"但我倒愿意待在你的笼子里，而不是在另一个讨厌的小男孩的笼子里。"

"谢谢你，亲爱的，"波索夫先生说，"就这么定了。尽管如此，鸟儿越狂野，笼子就越倒霉。但当时由于我还是个小男孩，我的所作所为与其他男孩子没什么不同——保佑他们幼小的心灵吧！当被我捉住的麻雀或红腹灰雀们抑郁而终的时候，我常常流下鳄鱼的眼泪。在为它们举行了葬礼之后，我会在地上插上一根木片来作为坟墓标志——然后又去设下一个陷阱。"

"我的陷阱无处不在，有时候还设在它们很少去的地方。但首先你得明白我的意图，我的真实意图。"波索夫先生小声地说道，"都是些稀有鸟类——像金莺呀蜂鹰呀——可爱而又罕见。在内心深处我望眼欲穿地等候着一只羽毛漂亮、叫声动人的神奇鸟儿，一只别人从未见过的鸟儿，或者一只刚从某一位魔术师的窗户里飞出来的鸟儿。当然，这意味着我对鸟已经有点疯狂了。我甚至常常梦见那只鸟儿，然而装在笼子里的，往往是我自己。"

"呃，我记得一个特别适合设陷阱的隐秘处所，过了好多天我才敢冒险去尝试。那地方在一片田野边，许多种类不同、大小各异的鸟儿都习惯到这里来，尽管我从来没有搞清楚原因。我反复观察它们，一群群鸟儿，它们的翅膀在阳光照射下闪闪发光。看来，这儿是它们开心的秘密聚会地点——尽管有老乔。"

"就是那个老乔那里？"雷迪茜亚失声喊道，一边指着灰绿色柳树前那个沉默、瘦高而又笨拙的身影，双臂衣衫褴褛，破旧的帽子歪戴在头上。那个身影站在花园那边的田野里，茫然地注视着他们。

"是的，"波索夫先生说道，"就是那个老乔。雷迪茜亚，我们先不忙朝那个方向张望，免得伤害他的感情。那个老乔（或许你已经猜到了）是个稻草人。他不过是个哑巴，摇摇欲坠，陈旧破烂。他其实从来没有做过任何别的事。这么些年来，他和我一直在一起，彼此之间没说过一句不友好的话，现在我们有点像双胞胎兄弟，如同约瑟夫和本杰明（语出《圣经·创世纪》，约瑟夫和本杰明是以色列人雅各的儿子，约瑟夫被卖到埃及，兄弟二人历尽艰辛最终相认），你知道的。呃，如果我们调换个位置，我想你可能分辨不出我们谁是谁。"

　　"你怎么说这样的话，提姆叔叔！"雷迪茜亚叫道，一边把她的手插到他的胳膊肘下，"你很清楚那是一种奉承——奉承你自己，你这样不好。"

　　"对此我所能说的，大山雀小姐，"波索夫先生回答道，"就是去问老乔。他和我，我们现在是老朋友了，然而我第一次看见他的时候，他可把我吓坏了。当时我正在树篱另一边蹑手蹑脚地行走，警惕地睁大双睛，注意观察田野里是否有人，因为我闯入了别人地里。当农夫不犁地、耙地、碾地、播种、锄地或收割庄稼的时候，地里从来没有人来。只是有时候在星期天，农夫琼斯先生，一个高大粗壮、长着一副红面孔的人，可能会提着一根粗棍子到地里来转一转，来看看他的庄稼。"

　　"那是斜坡上一块宽阔、形状不规整的土地，大约有四十英亩，往下逐渐变窄，最后汇于一点，很像倒过来看的英国地图，旁边还有一小片落叶松林。那是四月的一个早晨，阳光明媚但是感觉寒冷，地里光秃秃的，只有燧石在阳光下闪闪发光。地里已经播种，但还没有长出绿色的庄稼来。"

　　"呃，我沿着树篱的外围往前走，如我刚才说的那样。我夹克下面藏着捕鸟用的罗网，兴奋得快要窒息。当我透过荆棘嫩芽正在破绿的树篱往里看的时候，我准确地知道哪里才是适合我捕鸟的地方。树篱那边有条水沟，此刻我只能看见一溜狭窄的地带，因为中间隔着树篱和灌木丛。但那里的确是鸟儿们的一个小小的天堂，亲爱的，尤其是当春天快要来临的时候。"

"然后，我继续往前走，一直来到那扇摇摇晃晃的旧门旁边的角落里。旧门用一条链子绑在门柱上的。在你和我看来，那是一扇让人丢脸的旧门，但那不关我们的事。突然，我看见一个人，我以为是农夫琼斯本人，在隔着不到三十码远的地方直冲我瞪眼。一见到他，我就浑身发怵，身上一阵冷，一阵热。我双眼盯着他，等待着。那一瞬间，仿佛我能看见他转动的眼球的颜色。"

"但所有这一切都是一瞬间的念头。根本就没有农夫琼斯，甚至没有一个他的手下！那是老乔，我们的老乔。那边那个老乔！活过来了。生命究竟是什么，雷迪茜亚？"

"完全正确，提姆叔叔。"雷迪茜亚小声说道，朝他靠得更近了一点儿，"此时此刻，他可能会活过来。"

"你得记住，不只如此，"波索夫先生继续说道，"这件事发生在老乔较好的日子里。那时他还年轻。打那以后，他穿了许多用旧布做的新衣服，还有多得我用手指都数不清的帽子。随后他进入了他的鼎盛期，他青春绽放的时期。现在，就是给我一

袋金币，我都不愿意离开他。不，给二十袋也不离开，尽管我很喜欢金币。其原因在于，首先，我热爱他仅仅是因为他自身的原故；其次，亲爱的雷迪茜亚，因为在这个世界上，一个人不是轻易就能看见真的、活生生的仙女。"

雷迪茜亚突然哈哈大笑起来："真正活生生的仙女，提姆叔叔！"

她一边喊，一边笑得直不起腰来，同时把裙子往下拉紧，盖住膝盖，"唉，我可怜的亲爱的叔叔，你的意思该不会是说，那个老乔是个仙女吧？"

"不是，"波索夫先生说道，"那并不是我真正的意思。老乔是我见过的最吓人的稻草人。但是就像那首诗歌中的报春花一样，他就是一个稻草人，仅此而已。不，不是说老乔本人是仙女，就像我们身后的屋子不是你和我。正如那句古话所说，老乔只是这个仙女的一个寄居地。她在哪儿，他就在哪儿。"

"我记得，那天早上，他穿着一件宽松的黑白相间的方格裤子和一件泛绿的黑色外套，肩部非常宽大。除了那根用来当作手臂的棍子，又在外套袖子里插了根短棍来作为武器。另外竖着再插一根棍子，顶上放一团东西作脑袋，脑袋上放一顶帽子，一顶硬邦邦的方形的黑色帽子——类似于那个年代农夫和教堂看守人常戴的帽子。他身体微微前倾，当我蹲在门口时，他一直拿眼睛盯着我。我抱着捕鸟用的罗网，也盯着他。"

"究竟是因为从受太阳烘烤的多石的土壤里涌出来的热空气，还是因为白垩质土地上的白色光线的视觉效果，我也说不准，雷迪茜亚，反正我站着观察他的时候，他的脑袋似乎一直在肩膀上轻轻地转动，好像他在悄悄地调整位置试图更好地观察我而又不让我察觉。我一直都在想这个事，我知道这不是真的。"

"尽管如此，我还是被吓了一跳。除了乌鸦和地痞流氓外，他也把我吓得够呛。因为在那时候，即使年幼的闯入者被抓住，都会被痛打一顿（更不用说成年人了）。等我定下神来，我继续观察他，同时不停地瞟着两边的鸟儿，有的在我周围飞翔，有的在啄食，有的在梳妆打扮，还有的在地里晒太阳。虽然这个时候我已经知道他是个什么东西了，可是我却一点儿也不觉得轻松。"

"因为即使他的眼睛不是真的，我仍然觉得有什么人或什么东西从那顶黑色的旧帽子下，或从他的袖子外，或者从他周围的某个地方注视着我。那些鸟儿已经习惯我待在那里了，因为我一动不动。大概过了五分钟之后，我在那块地的边沿蹲下，开始设置陷阱。"

"我弯下腰，轻轻地用一个较大的硬物把木桩敲进地里。

国际大奖童书系列

但在这整个过程当中，我都想着这个老稻草人——虽然没有扭头看他——但我知道我一直被他监视着。我说没有扭头看他，但一旦我逮着机会，就会从我的两腿之间或从肩膀上或从手臂下方偷偷地瞟他一眼，还装出一副啥也没看的样子。然后陷阱终于设好了，我坐在树篱下面的草地上，又开始盯着他看。"

"太阳慢慢爬上蔚蓝的天空，阳光在尖利的石头和玻璃碎片之间闪烁。炽热的空气在老乔脚下流动。鸟儿们忙着自己的事情，别的啥也没发生。我非常专注地观望着，以至于都流泪了。可如果有东西藏在那里，不可能像我一样有耐心。最后，我又无功而返了。"

"在那片田野偏远一角的一棵老荆棘树下，我又一次弯下腰，装作系鞋带，又久久地看了一眼。接着，我瞥见那里有东西在动。似乎有一张脸悄悄地从老稻草人的阴影里往外窥视，一看

见荆棘树下的我，就马上又隐藏起来了。"

"那一天剩下的所有时间，我一直都在想老乔，这使我确信，要么是我的眼睛欺骗了我，要么是站在他肩膀上的一只鸟儿飞了下来，或者来自高地的一阵微风吹进了他的衣袖，又或者这一切都是我的幻觉。然而我内心深处知道，事情不是这样的。要编造解释是很容易的，但没有一种解释说得通。"

"当然，提姆叔叔，你知道，"雷迪茜亚说，"那也可能不是一只鸟，而是一只小动物，是不是？我有一次看到一只野兔在地里跳来跳去，然后突然又出现一只野兔，然后又来一只，你相信吗？它们一只又一只地在田野里互相追逐，直到跑得看不见。或者也有可能是在老乔身上建窝的一只鸟儿，你觉得呢？你知道，知更鸟到处筑巢，甚至在旧靴子里也筑。我曾在一台旧水泵里见到过一只山雀的鸟窝，里面不知有多少个鸟蛋。瞧，提姆叔叔，现在实实在在有一只鸟栖息在老乔的肩膀上！我想，那就是可能发生的情况——是只小动物，或者筑巢的鸟儿。"

"好吧，你听我说，"波索夫先生说道，"我敢肯定，要是几年前的那天早上你和我在一起，你会同意老乔是有所不同的。我的意思是说，与现在的样子不同。当时他显得古里古怪的。我也不大解释得清楚。那是一幢房子有人住跟没人住时的区别。那是在有鱼的磨坊水池里钓鱼，跟在没鱼的磨坊水池里钓鱼的区别。那是你真睡觉跟假睡觉时的区别。而且，肯定我说得没错。"

"现在，在朗姆太太家里，我都按时上床睡觉。睡觉之前，我总是要吃个苹果，喝杯牛奶。我的老朋友不仅深信吃苹果有益，而且她还有七头漂亮的泽西奶牛。亲爱的，这不仅有助于睡眠，而且还可以为制作醋栗馅饼和苹果派提供牛奶。她不等到时钟敲响八点，就悄悄来看我是不是已经上床睡觉。"

"哎，原来你非常清楚呀，"雷迪茜亚说，"你自己可不能那样干。"

"啊哈！"波索夫先生说道，"我也说不准。睁一只眼睡觉的人会变得跟所罗门老国王一样聪明。我蹑手蹑脚，蹑手蹑脚，蹑手蹑脚，每扇门都有个锁孔。但没有关系。就在我第一次看见老乔之后的那一天晚上，如果我是个诚实的乖孩子，我应该在床上睡觉，可是我却又跑到地里去了——从一处灌木丛溜到另一处灌木丛，从一棵树溜到另一棵树，尽量小心翼翼，但还是踩到了一只兔子的尾巴。它的名字叫艾斯梅拉达，当时它碰巧在一处黑莓果丛的另一边享用蒲公英晚餐哪。"

"当我来到我的山楂树旁——它看起来有几百岁了——我弯

腰蹲在树根旁的地上，打定主意要等到天色变晚，黑到看不见田野对面为止。现在时令即将进入五月，空气如此芬芳、寂静而新鲜，以至于每次呼吸的时候，你都会闭目享受这样的天赐之福。在那个时候，雷迪茜亚，我们是根据太阳来计时的。早上迎来太阳，傍晚送走太阳，就像现在一样。尽管太阳已经落山，天空中还有一些彩霞。"

"但是除了鸟儿和兔子以外，什么也没有发生，只是白天变成了夜晚，直到天黑下来。然后，好像几乎每时每刻，老乔都在一寸一寸地不断地靠近。你注意，是'好像'。然后，就在我看到第一颗星星的一刹那，根据其醇厚的亮度和位置，那颗星肯定是北斗星，我看见了——哎，你猜我看见了什么？"

"仙女！"雷迪茜亚喊道。

"满分，亲爱的。"波索夫先生说道，边用胳膊挽着她的手，"正是仙女。奇怪的是我无法描述她。这或许部分因为光线不好，部分因为我的眼睛观望久了变得很疲劳。但主要是因为其他原因。我看见她的时候，似乎又在想象她，但我很清楚她在那里。"

"你得相信我的话——我知道她在那儿。她微微前倾，她的头顶大概达到老乔的腰部，相当于老乔穿的那件黑色旧外套从上往下数第三颗纽扣的位置。她的脸庞显得有点狭长，但这可能是因为她那金色头发从面颊两边垂下的缘故，笔直细腻犹如梳理过的丝绸，颜色介于金色和灰色之间——很像黑暗中一条闪着磷光的鱼，但是比银白色黄一些。现在我想起来了，由于当时已是黄昏，我能看见她，部分原因肯定是她自身发出的光。"

"她站在那里一动不动，就像一朵花一样可爱。只要看着她，我心里就充满了难以忘怀但又无法描述的幸福感，似乎我已不知不觉进入了另一个世界的梦中。一股凉意顺着脊背往下蔓延，好像听见了魔法音乐一样。"

"没有一丝风在吹动。周围的一切似乎

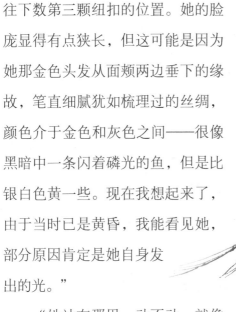

都变得更加清晰可辨，尽管光线暗淡。花儿、树木和鸟儿都显得异样。我内心深处好像知道花儿的感觉——就像一种长着绿色尖叶和毛毛虫的小脚一样的植物，像常青藤一样，从黑土中的白色根须开始一寸一寸地往上长、顺着树茎向上爬的感觉；仿佛我浑身长满羽毛飘在空中，通过飞鸟头上那两只明亮的小圆眼往外看的感觉。我无法解释，雷迪茜亚，但我肯定你会明白的。"

雷迪茜亚严肃地点了两下头："我想是的，提姆叔叔，我有点儿明白了。虽然我不应该猜测，是不是所有男孩都像这样？"

"亲爱的，男孩们大都是些好动又好奇的动物，"波索夫先生由衷地同意道，"我也是这样，百分之九十九是。但我想有一点不是，那就是观察老乔。"

"我坚信仙女也知道我在那里，但尽管知道，她不能推迟她想做的事情。一两分钟后，她轻轻地后退，从我眼前消失，然后开始匆忙地离开。整个过程中她都尽量同我保持距离，所以老乔总是站在我们之间，使我看得不清楚，不管我把头怎么偏向一边都不行。现在，雷迪茜亚，你想想看，她一直拿背对着我，像个影子一样迅速地飞来飞去——那是一件很难做到的事情。我现在都弄不明白，她是怎么做到的。反正我是绝对做不到的。我是说，一次都不回头看一下。"

"从后面看她长什么样？"雷迪茜亚问道。

波索夫先生眯起眼睛，闭上嘴唇。"她看起来，"他慢慢说道，"就像从一堆篝火上方升起的、幽灵一样的烟雾；像雪地里的一阵风；像小瀑布的幽灵。她移动的时候好像在路上悬浮着，但又从来没离开过地面。她迈起步来远比任何一只瞪羚更轻巧；在宁静的黄昏站在那片田野里看着她，是一件如此迷人的事，以至于我都屏住了呼吸。别忘了，那时我还只是个十岁左右的傻乎乎的小男孩。"

波索夫先生从兜里掏出一张彩色的真丝大手帕，好像获胜般地擤了擤鼻子。"我应该立刻补充一下，"他一边把手帕放回兜里，一边继续说道，"这根本就不是个故事。不是故事，雷迪茜亚。"

"但是提姆叔叔，我认为这就是个故事，"雷迪茜亚说道，"真实的事情并不有损于故事。我的意思是说，所有真正的故事似乎都比真实的事情更好听。你自己不这么看吗，提姆叔叔？想一想《七只天鹅》和《白雪公主》吧！哦，以及所有那些故事。至少我是这么想的。请继续讲下去吧。"

"亲爱的，我的意思是，一个故事真应该像一曲音乐。它应该有一个开头、一个中间部分和一个结尾，尽管那些事情一起发

生时，你不一定说得清楚哪个是哪个。它应该像一条嘴巴衔着尾巴的鳕鱼，当然是活的鳕鱼。你看，我刚讲的这一个有开头，却没有结尾。"

"我不这样看，"雷迪茜亚说道，"那有什么重要的。继续讲仙女吧，提姆叔叔。"

"好吧。她从我的视线里消失以后，我唯一的欲望就是偷偷溜进地里去近距离看看老乔。但是雷迪茜亚，我没有这个勇气。他是她的附身，她的藏身之地，至少在她需要的时候是这样。那是肯定的。现在既然她不在了，走了，把它遗弃了，老乔的样子也变了。他是空的，只是个外壳。虽然我们并不因此而降低对他的看法。保佑我吧，不会的！当你做白日梦的时候，雷迪茜亚，我向你保证，你的脸庞会显得宁静、安详和幸福。但恐怕你一定在想我是个极其愚蠢的男孩。你瞧，我的确是。我承认，我当时简直不能下定决心再往前走近一步。"

"老乔现在很是孤单。我不再怕他。但打那以后，我对自己产生了一种奇怪的陌生感。我感到害怕，因为我觉得我一直在暗中窥视，宁静天空下的，我视线之内的每一个生物都知道这一点，并且想摆脱我的陪伴。更糟糕的是，我甚至没有去看我设在地里捕鸟用的罗网。当我后来再次去地里的时候，罗网已经不见了。"

"第二天早上，在和老朋友朗姆太太一起吃了早饭以后，我转弯抹角地谈起这件事，最后谈到了仙女。'我有时怀疑她们是否是真的。'我轻描淡写地对她说道，好像我是刚刚想起这件事似的。哎呀，雷迪茜亚，我成了撒谎者！但是，是的，我的老朋友相信仙女。对此我从不怀疑。但她从来没有见过仙女。我问她，她认为仙女会像什么样子。她坐在椅子上，手里拿着杯子，看着窗外，嘴里咀嚼着烤面包。"

　　"'呃，我只跟你说，亲爱的提姆，'她说道（吭哧吭哧的嚼面包声），'我从来不大关心那些叽叽喳喳的小动物，它们应该找一个像睡莲那样舒适的地方去睡觉，就像你可能会找一张有四根床脚的床睡觉一样。而且我不相信，有哪一个仙女会注意到我。可能现在英国剩得不多了。我说的是仙女。人类太多了。朗姆先生以前是个昆虫学家，这你知道。或许他能给你讲得更详细一点儿。而且，他还曾经见到过一次幽灵。'"

　　"你是说，"雷迪茜亚说道，"朗姆太太的丈夫，曾经见到过幽灵，而他也——也死了吗？"

　　"朗姆太太就是这意思，亲爱的，我问过她丈夫看到的幽灵是什么样。'这个嘛，'她说道，'它像——它像闭着眼睛看一样东西。它使他感到很冷，卧室一下变黑了，但他并不害怕。'"

雷迪茜亚悄悄地朝叔叔身边靠了靠。"我只跟你说，提姆叔叔，"她说道，"我相信幽灵会吓得我发抖。你呢？咱们还是回到仙女的话题上去吧。你给朗姆太太讲过仙女的事吗？"

"我只字未提。你要是问我原因，我也说不清楚。我想，小男孩们就是这样。小姑娘们也是这样，是不是？他们好比是苹果布丁，肚子里装着苹果，却又不想让别人知道。"

"我想，换了是我，早就告诉你了，提姆叔叔，"雷迪茜亚说，"然后又发生了什么事？"

"整整两天过去了，我才又冒险靠近那一片田野，虽然我怀疑，自己是否有一个小时忘记过那情景。我记忆中的鸟儿现在好像变得比以前更加陌生、狂野和可爱。我甚至把关在小木笼内的那两只鸟——赤胸朱顶雀和苍头燕雀——给放了，还有一阵子曾想过不再设陷阱和罗网了。我一边闲逛一边纳闷儿，我见到的一切，会不会只是幻想？"

"然后，在第三天晚上，我感到十分羞愧，决心再次去那片树林边守望。这一次，我经过落叶松人工林去那块地里位置较高的一角，周围一片郁郁葱葱。如我所想，那儿就是我看到仙女消失的地方。野鸡在隐蔽处鸣叫，鸟儿在进行晚祷。我悄悄地从灌木丛之间爬进去，调整位置使自己舒适一点儿之后，掏出我父亲以前给我的一副红色黄铜小望远镜。我希望能通过它看清老乔周围发生的一切事情。望远镜能把他拉近，近得好像用手就能摸到他。"

"但是当我把望远镜靠近眼睛时，却发现其中一个镜片是破的。这次比我第一次来得稍晚一点儿，虽然天空还是红彤彤的，但太阳已经落山了。我的双腿如坐针毡，眼睛由于长时间盯视而几乎看不见，但我没有发现任何异常情况。"

"然后，雷迪茜亚，突然我意识到，不仅仙女又来了，而且她还知道有人在盯梢。肯定是的。虽然我没看到老乔身上有一丁点儿动静，但她已经悄悄地溜出这一藏身之地，隔着初绿发芽的小麦，不断地、公开地向我这边扫视过来。我屏住呼吸，试图不让自己发抖，但不管用。"

"她犹豫片刻，然后还是像以前一样，快速离开了，但这次是朝着一棵荆棘树而去，上次我就是躲在那棵荆棘树背后偷看她的。我万分失望，甚至愤怒起来。很明显，她在跟我斗智。就像有时候，当我看到一只鸟儿偷食饵料却没有掉进我设的陷阱时，我会朝它挥舞拳头，甚至几乎是暴怒地号叫一样。现在我有了这种感觉。"

"但我全身僵硬而疼痛，现在要拦截她为时已晚。'你等着

瞧！'我自言自语道，'下次就会明白谁更厉害。'于是我收起望远镜，掸掉衣服上的落叶，坐在原地，直到我的腿恢复知觉，然后闷闷不乐地回家了。"

"虽然四月还没有过完，但那天晚上宁静而温暖。当我脱衣服的时候，一轮满月开始升起。尽管室内有烛光，我还是能看见月光照射进我卧室里的百叶窗。我吹灭蜡烛，拉起百叶窗，望着窗外。外面的世界看起来好像被施了魔法似的——像一条蜕了皮的老蛇。月亮似乎不只发光，也散发出一份宁静。虽然我待在老朋友朗姆太太的熟悉的房子里——用木材、砖块和石头砌成——

似乎以前没有哪个人像这样往窗外看过。雷迪茜亚，当我第一次瞥见老乔的时候，也产生过这种相同的感觉。就像仙女察觉到我在田野里观望她一样，现在我敢肯定她一定藏在离这幢房子不远的某处——关注着我的窗户。"

"这确实有点奇怪，提姆叔叔，"雷迪茜亚说，"真奇怪，我能准确地知道你想说的意思！好像空气中有东西在告诉人们似的，是吗？呃，当时你出去了吗？"

"跟你说实话，雷迪茜亚，没有。我没有出去。我不敢，不是因为我害怕，不是。我站着窗边观看，直到片刻之后一只鸟儿开始在月亮下温暖而空旷的黑夜中唱歌。那可能是一只夜莺，因为离这幢房子不远有一片小树林和灌木丛，是夜莺们夏天爱去的休憩之所，尽管如此，夜莺歌唱在一年中这个时候又太早了点儿。我听见的歌声十分甜美悦耳，一点儿不像鸟儿的歌声，甚至也不像夜莺的歌声。听到这歌声，会让人产生一种奇异的悲喜交集的感觉。在我上床很久以后，那歌声的回音才在记忆中渐渐消退，然后我就睡着了。"

"你认为，这有可能是仙女在恳求我不要再去打扰她吗？我说不准。但由于我的愚蠢，我固执地去烦扰她，就像我固执地去烦扰鸟儿们一样。我太愚蠢了，意识不到我到地里去可能会让她

感到不安，就像我们请几个好朋友吃茶点，她来也会让我们感到不安一样。"

"啊，提姆叔叔，只要她愿意！那我们好几个月都不会再请别人来吃茶点了。好吗？"

"不，"波索夫先生说道，"拒绝别人不礼貌。她不会来的。我们自己可能会希望，甚至渴望见到她。但是，雷迪茜亚，我并不认为她想见我。我敢肯定，她不想要一个好动的、爱捉鸟的男孩在她的地里到处监视她。老乔不仅是她的屋顶和房子，也足以做她的伙伴，而且是她唯一的隐居处。"

"然而，亲爱的，我曾经跟她面对面相遇过。事情的经过是这样的。那是我回家前的最后一天，而那以前的两三次努力都完全没有结果。我现在几乎只要瞥一眼老乔就可以判断出仙女是否在那里。就像你现在瞥我一眼就可以知道我是否在这里一样。我不光是指自己的身体和骨头，也指眼睛、鼻子、靴子等，而且还指那个真正的、真实的我。"

"是的。"雷迪茜亚说道。

"那天晚上，我像一个小孩子，心情非常不爽。因为我十分愚蠢地躺在雨后灌木丛下面的地上，所以浑身疼痛，痛苦不堪。每天晚上都久久不能入睡。好像仙女已经舍弃了这块地。好像我所有的计谋、好奇、希望和渴求都化为乌有了。我怒视着老乔，似乎该受责备的是他。真是无聊和愚蠢。"

"而且，我的老朋友朗姆太太不知怎么发现，在吃晚饭的时候，我才悄悄溜进她的房子。虽然她从来没有责骂过我，但还是很容易看出，她很不高兴。而她可以一边用她那张和善的、红红的、苹果般的脸和那双黑眼睛对你微笑，一边用她那舌头对你说出严厉的话。"

"我们学校有一位女老师，"雷迪茜亚叫道，"名叫珍尼斯，就像这个样子。尽管没有朗姆太太胖。至少现在还不像那样。后来呢？你见过她吗，提姆叔叔？"

"是的，见过，面对面。当时，我正穿越田野上方一角的杂树林往回走。在一条绿色小道的尽头，有两段树篱在那里交汇。我正僵硬地走着，突然觉得浑身发冷。我坚信由于头发直立，我头上的帽子都被顶了起来。"

"我甚至无法告诉你，她穿的什么。现在回想起来，好像她四周笼罩着一层迷雾——犹如林中的圆叶风铃草。那可能是，也可能不是，但我看清了她的脸，因为我一直盯着她的眼睛。她的双眼是蓝色的，就像柴火火焰中的那种蓝色，尤其是当火里有盐，或者火焰来自于一艘装有铜的旧船。她的头发垂在头部两

边，披在狭窄的肩上。此刻，世界上别的一切我都完全忘掉了。我独自一人，一个丑陋的、渺小的、笨拙的人类，似乎在观察梦境，观察那双奇怪而神秘的眼睛。"

"我们都一动不动地站着，她脸上没有丝毫表情表明她认识我、责备我或害怕我。然而当我看过去的时候——我怎么才能描述它呢？她眼中确实产生了微弱而遥远的变化。好像在某个夏日的夜晚，当你从窗户或悬崖边上看大海的时候，一群远方的海鸟从蓝天中出现过后，又消失在蓝天里一样。我们这些可怜的凡人，只会用眼睛来笑，可那也比只会用嘴唇笑好得多。但实际不是那样，这是她冲我微笑的方式。就像阶梯上的天使们朝着雅各布微笑的方式一样，后者把头放在石头上睡觉。我怀疑她是否经常微笑。我在心里告诉我，她对我并无敌意。她在恳求我，不要再到她藏身处去烦扰她。她在人世间做什么，有多孤单，平时在哪里，和谁在一起，这些我都说不出来。她对我说的全部内容就是，她不想伤害我，但是求我不要再去监视或盯梢她了。毕竟，我有什么权利这么做？然后，她就走了。"

"啊，走了！"雷迪茜亚说道，突然埋下她的头。

"你知道，夜晚在树林里藏身是很容易的，而且地里的树篱又很密。是的，她走了，亲爱的。打那以后，我再也没见过她，

68

也没见过任何像她那样的东西……但是，我已经说过，"波索夫先生补充道，"你不能称之为故事。"他像早晨飞出来的猫头鹰一样，对小侄女眨眨眼。雷迪茜亚沉默了一会儿。

"我就是要称之为故事，提姆叔叔，"她终于说道，"啊，我多希望……算了，说了也没用。后来那个老乔怎么样了，提姆叔叔？"

"啊，老乔！这个老伙计！其实我从来没有忘记那个晚上。多年以后——那时我一定已经长成一个年轻人了，二十岁左右吧，我又到老朋友朗姆太太家住了一两个晚上。哎呀，她也老了。毫无疑问，她的厨师也老了。但仅此而已，其他没什么变化。我独自进行的第一次散步，就是到树林下边的地里去，而且大约是日落时分。你会相信吗？老乔还在他原来的地方，不过那年夏天他看守的大麦，现在已经远远超过他的膝盖。究竟是因为我自己变了，还是仙女久已遗弃了她的寄居之所，或是老乔仅仅是仙女进出我们这个世界的途径？谁说得清楚呢？"

"不管怎样，老乔看起来，"波索夫先生降低声音说道，"准确地说，看起来还不错，雷迪茜亚，就像他现在的样子——有点空虚，茫然，习惯于一个人独处。他穿着崭新的衣服，站立在他的麦地里，戴一顶很旧的宽边帽，就是可能曾经属于希亚瓦

69

萨·朗菲罗老先生的那种帽子，我的意思是说，除了诗人，没人会戴那种帽子，除非他有一脸长长的白胡子来配这顶帽子。你猜我干了件什么事？"

"你该不会把他偷走了吧，提姆叔叔？"雷迪茜亚小声问道。

"没有，雷迪茜亚。我的想法更糟，我去把他买下来了。"波索夫先生说道，"虽然我不应该把'买下'这个词说出来。我直接去找那位老农——琼斯先生，他依然那么胖，但两鬓已经灰白了。我装作只是出于好奇，问他麦地里的那个东西值多少钱。我告诉他，我从小就认识老乔了，我们之间建立了深厚的友谊。那位老农坐在椅子上，一张大脸像桑葚一样红，眼睛就像两颗玛瑙珠似的。他坐在那儿只是盯着我看，好像我是个神经病。你猜他要价

多少？"

雷迪茜亚开始思考，她的双眼盯着脚下的青草，不停地眨着，但她的思路并不清晰。"我想，五英镑是笔不错的交易，是不是，提姆叔叔？即便是对老乔而言？当然，"她补充道，"即使在当时也算是相当便宜了。"

"不对。再猜，亲爱的。根本不是五英镑！甚至不是两便士。'把你那烟叶给我一管，'那位老农说道，'他就永远归你了。'"

"于是，他就归我了。我很高兴，没花一分钱。"

"我也高兴，"雷迪茜亚说道，"我想，给点烟叶，不会伤害你的感情吧，提姆叔叔？后来你就——再也没见过那位、那位仙女了吗？"

"从某种意义上来说，"波索夫老先生回答道，"雷迪茜亚，我就再也没有真见过别的什么东西。我想，问题是如何理解'见过'的准确含义。词语本身没什么用，它不能像事情那样去完成，不是吗？"

雷迪茜亚使劲摇头，"是的，不能，提姆叔叔，它是不能完成。"她说道，然后又陷入了沉默。

这幢低矮的房子窗户宽阔，连同蹲伏在太阳光之下的茉莉花和铁线莲，好像一直都在听故事。小小的蝴蝶们就像蓝天中苍

白的残片，在花丛中飞来飞去。村里的教堂被裹在枝繁叶茂的树林中，教堂石砌钟楼上传来的钟声，在夏日的空中听起来显得甜美、庄重。四周如此寂静，好像整个世界都停止了转动。

稻草人一动不动地矗立在那里，半遮在灰绿色柳树的阴影里，黑乎乎的，穿着旧外套，粗陋的帽子盖住了一只眼的眉毛，一只瘦长的手臂举在空中。他似乎不需要陪伴。他可能一度做过藏身之地（如同一只蜜蜂很久以前可能占领过波索夫老先生的无边帽），但是不管来什么样的客人，最后都离开了。雷迪茜亚最后抬起头来，看着老人的脸庞。

"依我看，提姆叔叔，"她又开始说道，声音很低，似乎在自言自语一样。"依我看，我肯定你不会介意我这么说的——你好像爱上了那个仙女。是这样的吗，提姆叔叔？"

"啊！"波索夫先生回答道，他坐在阳光下眨着眼睛。

"天哪！"他自言自语地咕哝道，"我现在能闻到那个苹果布丁的香味了，甚至比石竹花还香！我会告诉你是怎么回事的，雷迪茜亚。我们早该动动腿，到那边去问问老乔……"

农夫与仙女

从前，在大森林边上的一间小屋里，住着一个名叫约翰的年轻农夫和他的妹妹格瑞索达。兄妹独自生活，没有别人，陪伴他们的只有牧羊犬斯莱、他们的羊群、森林里无数的鸟儿和那些仙女们。约翰非常爱他的妹妹，也爱斯莱，还喜欢在黄昏时坐在暗淡下来的森林边上，听鸟儿唱歌。但他害怕，甚至憎恨那些仙女。而且，由于性情固执，他越害怕她们，就越讨厌她们；他越讨厌她们，她们就越是要纠缠他。

这伙仙女生性狡猾、体态娇小、性情开朗又调皮捣蛋，一点儿也不像人们印象当中的仙女——高贵典雅、安静贤淑、美丽温柔，而且远离人类。她们喜欢到处游荡，灵巧敏捷，来去飘忽又爱恶作剧。这些小精灵们千方百计地试图用她们的音乐、水果把约翰亲爱的妹妹格瑞索达诱惑走，这样做一半因为恶作剧，一半

因为喜爱她。约翰坚信，是她们几年前把可怜的老父亲和老母亲诱骗到森林里去了。当时，他父亲戴着羊皮帽牵着驴出去砍柴，后来就失踪了。随后他母亲出去寻找他父亲，也一直没有回来。

但是，仙女们，包括这一小伙仙女，并不仇恨人类。她们嘲笑他、捉弄他，弄洒他的牛奶，骑着他的公羊乱跑，给他的老母羊套上花环，把水洒在他引火用的木头上，松开绳套让水桶掉进井里，把他的大皮鞋藏起来。但她们做这一切，并不是因为恨，她们就像夜里的飞蛾一样围着格瑞索达飞来飞去，是因为约翰在担心和盛怒之下，把妹妹关起来了，不让她们靠近；还因为他郁郁寡欢和愚蠢固执。可他除了焦躁不安，却无计可施。他设下陷阱来捉她们，捉住的却是椋鸟；他在月光下朝她们开枪，结果仙女没打着，倒把他的羊群给吓坏了；他把装有酸奶的盘子放在仙女们途经的路上，把粘乎乎的树叶和荆棘放在绿草地上，但都没有达到任何目的。每当黄昏听到她们微弱的、淘气可爱的音乐时，他就会坐在屋里，吹起父亲的大巴松管，直到幽暗的森林里重新回荡起它忧伤肃静的呆板声音。但这样做也没有用。最后，他性情变得越来越乖戾，让格瑞索达彻底陷入了痛苦。她的脸庞失去了红润，眼睛不再闪亮。然后，小精灵们开始真正折磨约翰——以免可爱的孩子格瑞索达会死掉。

有一年夏天的晚上（大森林里多数夜晚都很寒冷），约翰收起哀伤的巴松管，闩上了门。他情绪低落、阴沉沮丧地和格瑞索达蹲坐在壁炉旁的地面上。他仰起那头浓密的头发，顺着烟囱望上去，凝视着高空中闪烁的群星。他正懒洋洋地坐在凳子上闷闷不乐地望着星星，突然，黑暗的天空下出现了一个仙女淘气的脑袋，偷偷地俯视着他。她忙碌的手指开始将露珠洒在他仰着的宽阔的脸上。他还听到，仙女们在他的茅草屋顶上蹦蹦跳跳时发出的笑声。盛怒之下，约翰一跃而起，抓起盘子里的一个圆形的荷兰奶酪，用尽全身力气，将它径直扔向聚在烟囱上方的嘲弄笑脸。随后，虽然格瑞索达在纺车旁接连叹气，他再也没听见什么声音了。就连整晚都在咕咕叫的蟋蟀，也陷入了沉静。约翰独自吃起他的黑面包和洋葱来。

第二天，格瑞索达在黎明时醒来，将头伸出茅草屋顶下的小窗口，看到天空布满了雾霭，白茫茫的一片。

"又是炎热的一天。"她一边梳理着美丽的头发，一边自言自语。

但是，当约翰下楼去的时候，地上的雾霭变得更浓，连森林的绿色边界都看不见了。到处白雾茫茫，遮天蔽日。整个早晨，雾霭变得越来越浓，就像牛奶一样白，笼罩在小屋四周。约翰大

75

约九点出门去四下观望时，啥也看不见了。他能听见羊群咩咩直叫，水壶鸣响，还有格瑞索达扫地的声音，但在他头顶上方却悬挂着一小块像奶酪一样暗淡无光的小太阳，就像一个小小的圆水果，虽然时针还没走到十点。他紧握双拳，气得直跺脚。但是没人回答他，也没有声音嘲笑他，只有他自己的声音在回荡。因为那些懒散而调皮的仙女们捉弄完对手之后，很快就感到厌倦了。

整整一天，那个阴沉的小灯笼就在雾霭上方燃烧，有时呈红色，将白色雾霭染成了琥珀色；有时又呈乳白色。树上每一片叶子都在滴水。花园里沉睡的每一朵花瓣上都挂着露珠。那天下午，只有一只浑身湿透了的森林老乌鸦来拜访这幢孤独的茅草屋，它"哇，哇，哇"地叫了几声，又飞走了。

但是格瑞索达太了解哥哥的心情，所以既没谈论这件事，也没有抱怨。她在屋子里不停地唱着欢快的歌儿，但她比任何时候都更忧伤。

第二天，约翰去照料羊群。不管他走到哪里，红红的太阳似乎就跟到哪里。当最后他找到羊群时，羊群已被萦绕不散的雾霭浸湿透了，惊恐地挤在一起。当羊群看见他时，它们似乎异口同声地哭叫了一声"咩——"

约翰站在那里数羊。老公羊索尔站在离羊群稍远的地方，一张脸黑如煤灰。一个顽皮、机敏、穿着红衣的仙女骑在索尔背上，一边唱歌，一边上下摇晃，她是昨天在烟囱顶上嘲弄约翰的小精灵之一。一股怒火在他胸中升腾而起，约翰抓起一把小石头，穿过羊群，冲向索尔。羊群咩咩叫着散开了，消失在雾霭之中。骑在老公羊背上的仙女惊慌失措，用拇指和食指捏住索尔的两只小耳朵。索尔一路慢跑，和约翰保持着相同的速度，直到年轻农夫手里的石头全部扔完。最后，约翰发现自己陷入了一个被雾笼罩的黏糊糊的泥沼之中。直到下午，他才摸索着爬出来。还是格瑞索达烧汤时唱的歌声，引导他回到家里。

第二天，他四处寻找自己的羊，但一只都没有找到。他来回搜寻，不停地呼唤，向斯莱吹口哨，直喊到沮丧悲哀，饥渴难忍，他和莱斯都精疲力竭。然而，羊群的咩咩声似乎在空中回荡，微弱而优美的钟声在雾霭中鸣响。约翰知道，是仙女们把他的羊藏起来了。于是，他比以往更恨她们。

打那以后，约翰就不再下地干活，田野在被施了魔法的雾霭笼罩下呈现出一片亮绿色。他坐在那里生闷气，凝望着门外远方的昏暗森林。森林在红色小太阳照射下泛出一丝淡淡的红色。格瑞索达再也不能唱歌了，她又累又饿。就在黄昏来临前，她去菜园把最后几荚豌豆采摘回来，准备做晚饭。

　　格瑞索达剥豆荚时，约翰在屋子里又听到小手鼓的声音和远方的号角声以及那古怪而清亮的蚱蜢叫声，在不断呼唤他妹妹。而他心里清楚，若不发慈悲与仙女们交朋友，格瑞索达总有一天会跑到她们那儿去，撇下他一个人孤苦伶仃。他搔了搔那颗大头，咬着大拇指。她们带走了他的爸爸、他的妈妈，现在又可能会带走他的妹妹。但是，他不愿屈服。

　　于是他高声喊叫起来。格瑞索达心里害怕，战战兢兢地拿着篮子和盆子离开菜园，走进屋子，坐在昏暗的光线下继续剥豆荚。

　　随着夜色渐浓，星星开始闪耀，恶毒的歌声渐渐逼近了。不久，茅草屋顶上传来摸索和搅动的声音，窗户上也传来轻轻的敲击声。约翰知道，仙女来了——不是一个，也不是两三个，而是一大群——来折磨他，并引诱格瑞索达离开。他闭上嘴，用手指堵住双耳，但当他瞪大眼睛时，他看见她们在自家门口蹦跳，就像玻璃杯中的泡沫和稻草上的火焰一样。他再也控制不住自己，抓起格瑞索达的碗——连同碗里的豌豆和水——使劲扔过去，打在了小精灵们窃笑的面孔上！外面传来一阵尖叫声，叽叽喳喳的窃笑声，一阵惊慌的奔跑声，然后一切又归于平静。

　　格瑞索达试图强忍泪水，但徒劳无用。她搂住约翰的脖子，把脸埋在他的袖子里。

"让我去吧！"她说，"让我去吧，约翰，就一天一夜，我会回到你身边的。她们生我们的气了，但她们很爱我。如果我坐在山坡上水池旁的树枝下，听一会儿她们的音乐，她们就会让太阳重新照耀，并且送回羊群，我们将会和从前一样快乐。看看可怜的斯莱，亲爱的约翰，它甚至比我还饿。"约翰只听见小精灵们发出的嘲笑声、沙沙声和喊叫声。他不会让妹妹去的。小屋里开始变得漆黑一片，寂静无声。没有星星从窗前闪过，没有水滴在烛光中闪亮。约翰只能听到周围有一种低沉的、微弱的、不停的搅动声和沙沙声。四周是如此黑暗和寂静，甚至连斯莱都从它饥饿的梦中醒过来，抬起头来凝视着女主人的脸庞，哀叫一声。

他们上床去睡觉，整整一夜，当约翰躺在他的床垫上辗转反侧的时候，沙沙声从未停止过。厨房旧钟滴答滴答地走个不停，却始终没有一丝曙光出现。四周黑得伸手不见五指，而现在又是死一般寂静。没有耳语，没有门窗移动的嘎吱声，没有一丝风声，也听不到老鼠的脚步声、飞蛾拍翅飞行的声音，甚至尘土的落地声。只有一片荒凉的寂静。约翰终于不能再忍受恐惧与怀疑，他从床上爬起来，从窗户往外望去，什么也看不见。他试图把窗推开，却推不动。他下楼开门，往外看去，看见一个清晰

的、深绿色的幽灵，鸟儿的歌声从幽灵后面袅袅升起，歌声隐隐约约，犹如梦中一般。

然后他沉重地叹了口气，坐了下来。他知道，仙女们把他打败了。就像魔豆一样，家里一夜之间就长出一面浓密的豌豆墙。他又推又拉，用斧头砍，用脚踢，用枪击。但这一切都是徒劳。他再一次坐在壁炉旁边的椅子上，用手捂住脸。格瑞索达也醒

了，拿着蜡烛走下楼来。她安慰哥哥，并对他说，如果他愿意照她的吩咐做，她很快就会让事态恢复正常。约翰答应了。

于是，格瑞索达用一条围巾把哥哥的双手紧紧地捆在身后，用一根绳子把他的双脚绑在一起，以免他跑动或者扔石头、豌豆或奶酪什么的。她还用餐巾蒙住他的眼睛，堵住他的耳朵和嘴，让他看不见，听不见，闻不到气味，也喊不出来。做完这些之后，她把他像一大捆包袱一样推来拉去的，最后把他滚到不显眼的烟囱角落里靠墙放着。然后，她拿来一把教母以前送给她的做针线活用的锋利小剪刀，在浓密的绿色豌豆树篱上剪呀剪呀，终于剪出一个小洞。她把嘴靠近小洞，轻轻地呼唤了一声。仙女们来到小屋门口，一边听她说话，一边不停地点头。

格瑞索达为了让仙女们原谅约翰，和她们进行了谈判。她答应送她们一缕自己的金黄色头发、七碟母羊奶、红白黑三种颜色的三十三串醋栗、一袋蓟花冠毛、三手绢羔羊毛、九罐蜂蜜和一

些做调味品用的胡椒粒。所有这些东西（除了头发）将由约翰本人尽快送到她们的秘密地点。最重要的是，夏季每天晚上，格瑞索达要在山坡上的绿荫处坐满一个小时，那儿是仙女们家的所在地，也是她们的斑纹小牛吃草的地方。

她的哥哥看不见，听不见，又说不出话，就像一根木头似的躺在那里。她把一切问题都解决了。

随后，撕裂声和撞击声代替了原来的沙沙声和爬行声。屋内的绿色阴影和琥珀光不见了，取而代之的是白昼的光亮。随着树篱枯萎，欢快兴奋的烈日光芒四射，外面传来羊群的咩咩叫声，盖过了原来的鸟鸣声。瞧，黑脸的索尔和饥饿的斯莱在家门口相遇；约翰所有的羊儿都散发出白色光芒，就像牧场上的白霜；每一只羔羊都戴着用海绿花和小米草编织的花环；那些又老又肥的母羊静静地站着，背上配着一副苔藓做的鞍座；骑在母羊背上嬉笑不停的仙女们看见格瑞索达站在家门口，头上披着美丽的金黄色头发。至于约翰，则被捆得像个麻袋一样放在烟囱的角落里。他以前扔出去的那个奶酪，现在又掉下来，砸在他的头上。由于嘴被堵着，说不出话来，他啥也没说。

马莉娅与苍蝇

这个故事发生在许多年以前。那天早晨，小马莉娅穿着一件有荷叶边装饰、黑白相间的连衣裙。她的头发掠过耳朵向后束拢，用一条白丝带扎起。她坐在客厅里一把低矮的扶手椅的蓝色坐垫上，穿着丝袜的双腿悬着。她独自一人，漫无目的地来到这里，身边没有别人。她四下逛了一小会儿，看了看室内的陈设，嗅了嗅碗里的红色锦缎玫瑰，然后坐下了，她显得十分时尚端庄。

其实不然，她只是在思考。那是一个静谧的早晨。这个房间呈长方形，有两扇方框弓顶窗户。室内阳光明媚，寂静无声。房间里虽然除了她没有别的活物，但显得挺快乐。马莉娅开始思考，或者准确点说，不是思考，也不是做梦，而是同时兼有二者（如果有可能的话），虽然她无法告诉任何人她在想些什么，梦

83

到了什么。

她早饭吃了一碗牛奶、半个苹果和两片果酱面包，感觉很舒服。她在幼儿园旁边的旧房间里进行的钢琴练习结束了，现在就剩下她独自一人。可是，她现在比平时更加孤独，好像她不仅双脚悬空坐在扶手椅的蓝色坐垫上，而且还能看见自己坐在那里。当她意识到这一点时，心里不由一惊。仿佛她在那一刻真的进入了一场梦境。为了证实这一点，她抬起圆圆的脸庞和清澈有神的双眼，向上扫视了一眼。在不远处的房门侧面的白漆上，她看见了一只苍蝇。

那就是一只苍蝇。但仅仅因为在那一刻周围的一切太寂静了，或许还因为不像她身边的桌椅，它是个活物，马莉娅的眼睛固定在了这只苍蝇身上。那不过是一只十分普通的苍蝇——家蝇。它靠它的六只毛茸茸的腿和脚独自站在那里，小而敏捷的脚掌粘附在光亮的白色油漆上。苍蝇虽然普通，却很显眼，就像一个穿着黑色衣服和一双巨靴、戴着一顶高帽的人站在一面十分耀眼的雪坡上一样。就马莉娅和苍蝇之间的距离而言，她看那只苍蝇的真切程度，常人恐怕难以想象。

另一方面，那只苍蝇并没有站在那里无所事事，不像马莉娅坐在那里无所事事。例如，它并不仅仅是站在客厅的油漆上看着客厅门边油漆上另一只更小的苍蝇。它就像温暖的、阳光明媚的月份里的其他苍蝇一样忙碌。

好几个小时以前，马莉娅就已经起床并穿好衣服。但是当苍蝇没有在桌上潜行觅食、饮水，或站着假睡，或在枝形吊灯下飞来飞去的时候，它们似乎总是在穿衣服和梳妆打扮。

马莉娅不喜欢苍蝇。当苍蝇在食物上方嗡嗡飞或落在她裸露的手臂上时，或者在她床上爬行的时候，她会把它们赶走。有一次，她把一只苍蝇的两只翅膀给扯掉了，事后再也忘不了那令人窒息的腐臭味和恶心的感觉。

如果马莉娅有什么无法容忍的事，那就是一只死苍蝇漂浮在她的浴缸里。虽然它的尸体很小，你绝对不会看到别的东西，似乎一缸水此时都变成了苍蝇水。这才是关键之处。

她会叫保姆把这个不幸的动物的尸体捞出浴缸，放在窗台上，以免它还没完全死掉，可能还会苏醒过来。

如果她第二天早上还记得去看的话，也许苍蝇已经不在了，也许还在那里——只是一具尸体。她还不止一次听到苍蝇撞上蜘蛛网动弹不得，而蜘蛛爬过来准备美餐一顿时所发出的那种凄惨痛苦的嗡嗡叫声。这个情景让她充满了恐惧、憎恨和同情。然而，这并不会使她喜欢苍蝇。但是一个人对事物的感觉并不总是

一成不变的。这取决于你身处何地，心情如何，也取决于对象身处何地，心情如何。

现在回到那天早晨。出于某种原因，这只苍蝇显得与众不同。马莉娅坐着仔细地观察它。似乎正如马莉娅自己是一个特别的女孩，它也是一只特别的苍蝇。一只独立自主的苍蝇，一只按自己的方式生活的苍蝇，一只自信、警惕、孤独地活在自己王国里的苍蝇。

从它的孤独、自在、随意而又繁忙的生活方式来判断，可以说它心中装着整个宇宙。可以说它就是小天狼星——而不是天空中的另一颗星。过了一会儿，马莉娅变得非常专注，好像她做的事情远远不只是在观察那只苍蝇。她入迷了。

她在椅子上弯着腰，好像成了个插针包，而她的眼睛成了插在上面的黑头针。她似乎变成了那只苍蝇——马莉娅苍蝇。那就是说，如果有可能，她一次变成了两样东西，或者两次变成了一样东西。这是一种奇怪的体验。按照那只小金钟计时，这种体验至少持续了三分钟，也就是说，普通时钟时间的三分钟。

当马莉娅清醒过来时，好像已经离开了三个世纪——

她如同古诗中带着蜡烛去巴比伦，然后又回来的那个陌生人。好像她去的时候是马莉娅，回来时变成了马莉娅苍蝇，现在又变回了马莉娅。然而，当她清醒过来时，一切都变得有点异样了。

她无法解释原因，但是她感到出奇地愉快和喜悦。就好像有一个天使般甜蜜、高亢的声音一直在她心里歌唱。她惊讶地四下张望。如果有什么变化的话，那就是房间里的东西比以前更安静了，然而她还是认为，就在片刻以前，它们还是活的，而且一直在看着她，现在不过是在装死罢了。

她看着碗里的玫瑰，它们漂浮在那里，充满了芳香和美丽，犹如泛光的露珠。小钟两侧的鱼似乎是用火焰而不是镀金石膏做成的。还有一片阳光——只是一片长方形的阳光照在地毯和椅子上，其可爱难以用言语来描述。它照在那里，似乎在暗恋自己的美丽。马莉娅用年轻的眼睛看着这一切，意识不到自己身上发生了什么事。她很高兴自己独自一人。她以前从未产生过这种感觉，好像她不再是穿着黑白相间连衣裙的自己，而成了一个捆扎起来的包裹，上面标有"纯幸福"标签，还印有日期。

当她逐渐意识到这个房间有多寂静，甚至几乎是诡异时——当然，所有安静的东西都需要当心——她觉得必须马上离开了。于是，她赶紧从椅子上下来，甚至没有再看她的朋友苍蝇一眼。她尤其希望不要再看到它（她自己也不知道为什么）。所以她靠

87

着边走，把脑袋转向一边，让眼睛不会看到苍蝇，哪怕是不经意间。

　　她走出房间，沿着大厅往前走，沿着光线暗淡的边梯下到厨房。厨房炉火熊熊燃烧着。窗前有一棵绿树，窗台上一只装了半缸啤酒的玻璃缸和上面飞舞的蜜蜂在闪闪发光。厨娘鲍尔顿太太正在糕点面板或面粉板上揉一团生面团。她腰间系一条围裙，围裙带子放到了最大限度。在面板旁边有一台巨大的面粉撒粉机，就像胡椒罐一样。还有一只野兔，皮毛柔软如羊毛，颜色雪白，躺在桌子的另一边。野兔长长的白牙在裂开的双唇之间发出柔和的白光，像象牙一样。

　　"鲍尔顿太太，"马莉娅说，"我看见一只苍蝇。"

　　"哦，是吗？"厨娘说道，那个"是"字说得上下起伏，就像到处长满野花的山谷或草地一样，"苍蝇看见你了吗？"

　　马莉娅没想过这事。她皱了皱眉说道："苍蝇有许多眼睛，你知道的。但我的意思是，我看见它了。"

　　"那就奇怪了。"厨娘说道，一边熟练地拿起面团，将柔软的面团放在浅盘中深色饱满的甜梅子上，然后将一杯打好的鸡蛋倒扣在面团上。她看了一眼，然后拿起菜刀，犹如一位熟练的理发师，干净利落地挥刀绕盘一圈，把那些垂在盘子边沿的面团清理掉。"你想要个玩具娃娃吗，亲爱的？"她问道。

"不，谢谢。"马莉娅略显拘谨地说道，她不希望改变话题。"我刚才跟你讲苍蝇的事，"她重复道，"你好像一点儿都没注意。"厨娘举起切面团的菜刀，转过圆圆的脸，看着这个小女孩。她长着一对小小的、活泼的浅蓝色眼睛，帽子下面的头发犹如新割的稻草一样，呈浅浅的金黄色，胖胖的脸蛋轮廓分明。

"可否问一下，你说这话是什么意思？"她盯着马莉娅问道。

"我的意思是，"马莉娅固执地说道，"我看见一只苍蝇。它在客厅门的油漆上，就它一只在那里。"

"在哪儿？"鲍尔顿太太说道，心里一边在找别的什么词句来应付。

"我说了，"马莉娅说道，"在门上。"

"是的，但是在门的哪部分？"厨娘坚持问道。

"在门切进去而另一部分开过来的那一侧。"马莉娅说道。

"哦，在门框边上。"鲍尔顿太太说道。

"果酱？"马莉娅说，"门上怎么会有果酱呢？"①

"嗯，对此我可拿不太准，纠缠不休小姐。"厨娘说道，"我说的是门框，不是果酱，它们拼写不一样。那只苍蝇在干什么？那些讨厌的家伙。"

马莉娅看着她。"大家都这么说。我的苍蝇啥也没做。"这并不全是真话，由于对此感到有点不安，马莉娅说得很小声，"现在我要走了，谢谢你。"

"好的。"厨娘说道，"上楼时千万要当心陡峭的楼梯，宝贝。"

马莉娅瞥了一眼悬停在瓶子上方的黄蜂，瞥了一眼鲍尔顿太太，瞥了一眼炉灶里的火焰和挂在墙上的盘盖，然后走出了房门。

她像平时那样上楼梯，不过她跟厨娘谈话之后有点生气。爬

---

① 英语"门窗边框"是Jamb，"果酱"是Jam，两词读音相同。因此马莉娅将"门窗边框"误听成了"果酱"。

90

到楼梯顶端后，她继续顺着光滑的厅堂往前走，经过落地钟。蓝色夜空中，银色月亮悬挂在时钟指针的上方。然后，她经过一张桌子，上面放着正在开花的粉红色天竺葵，她踏上宽阔而又低矮的台阶，抓住栏杆，尽量踩在绣有玫瑰图案的柔软的楼梯地毯的中间。

爬至楼梯顶端，马莉娅来到一个房间。她知道，在这儿将遇到一个住在里面的客人。他名叫基托森先生，是个牧师。这个星期六上午，他在写星期天用的布道文，内容如下："想一想田野里的百合花……它们不用辛勤劳动，也不用纺线。"

马莉娅摸索了一下才找到门的把手，她推开门，朝里面望去。房间里那位老先生坐在一把圆形皮椅上，银灰色的胡须垂在胸前，布道用的稿纸放在他面前的吸墨簿上，上面压着一个黄铜墨水瓶。他一边写，一边嘴里念念有词。但一听到开门声，他就停止了写作，低着头，双眼从镀金眼镜上方打量着马莉娅。

"哎呀呀，亲爱的，这真是个令人愉快的景象。需要帮忙吗？"他说道。他是那些即便在写布道文时被打断也不介意的奇特的老先生之一。

"我——"马莉娅说道，慢慢朝屋里移动了一点儿，"我刚才看见一只苍蝇！它独自站在客厅的门框边上。"

"在客厅里？确实！"老先生说道，仍然用双眼越过眼镜看着她。"和你做伴，它真是一只幸运的苍蝇，亲爱的。你来告诉我，真是心善。"

马莉娅并没有因为老先生的礼貌言语而觉得有多高兴，就像她跟厨娘谈话之后一样。"是的，"她说，"但这不是一只普通的苍蝇。它一直都独自待着，我亲眼看见的。"

老先生有点心不在焉地朝下偷偷地看他写在纸上的清晰而倾斜的字迹。"是吗？"他说道，"但是，我亲爱的小马莉娅，没有哪只苍蝇是真正普通的。如果你认真观察，它们都是奇妙的生物，尤其是通过显微镜来观察。《圣经》上说什么来着？'造得奇妙可畏'，它们长有被称为长鼻或吸管的东西，你知道的，就像大象一样。它们还可以上下倒着走路。哎，怎么样？"

此时，一只银白色的衣蛾从阴暗的藏身处飞出来，从他书桌上方的亮光处飞过。老先生挥手去抓它，但它摇来摆去，然后迅速升高，逃脱了他的抓捕。

"厨娘说，苍蝇是令人讨厌的家伙。"马莉娅说。

"啊，"老牧师说道，"我毫不怀疑，厨师会防止它们接触我们的食物。但是它们有它们的方式，可能会让我们不愉快，就像我们有自己的方式，而我们的方式则可能让别人不愉快。但是

亲爱的，即使一只苍蝇也会享受它自己渺小的生活，做它自己想做的事。'娇小忙碌的、饥渴的苍蝇。'"他开始说道。

但是马莉娅立刻打断了他的话，"这是一首美丽的诗，"她点头说道，"我很熟悉这首诗，多谢了。那就是我刚才想说的全部内容。就是我看见了——看见了。我想我无法再告诉你任何别的事情——所以，我的意思是说，以后再来给你解释。"

老先生手里拿着笔，继续以他惯有的温和、谨慎的态度对客人微笑着，直到马莉娅溜出房间，随手紧紧地关上门。

在沿着走廊往回走的路上，马莉娅路过工作间的门。门半开着，她朝里面窥视了一眼。只见梭蒙小姐穿着黑色工作服坐在一张桌子旁边，桌上放着一台缝纫机。这时，她正在做缝纫活。

她总是散发出清新的气息，不过也有樟脑的气味。她长着一张白皙的长脸，高高的前额、瘦削的下巴、前突的眼睛。她和马莉娅是老朋友了。

"今天上午有什么事吗，小姐？"梭蒙用男人般低沉的嗓音喊道。

"呃，我只是进来看看，来告诉你，我看见了一只苍蝇。"

"要是你能看透那个篮子里最小那根针的针眼，你就能看见天堂的大门。"梭蒙小姐一边说，一边开始做起缝纫活来。缝纫

93

机发出很响的"咔嗒咔嗒"的声音，就好像有木匠在房间里干活似的。

"给我看看。"马莉娅说。

"啊哈！"梭蒙小姐喊道，"这些东西需要找一下。"

"啊哈！"马莉娅尖声说道，"那就意味着要找遍整个篮子。"

"没有搜寻，就没有发现，"梭蒙小姐叫道，"正如那只猫对鲑鱼所

说的那样，小姐。还有，请问弗莱先生叫什么名字？如果你能请那位先生到这边来一趟，我就给他做一个带门闩的纸房子，还请他吃奶油草莓。"

马莉娅的兴致似乎一下子沉到地里去了。"根本就不是什么弗莱先生，我说的是苍蝇，"马莉娅说道，"而且——而且我也不想告诉你那个名字，谢谢你。"

"早上好。"梭蒙小姐一边举起她的针，一边睁大眼睛说道，"别忘了7点钟关门。"

马莉娅和梭蒙小姐是老朋友，而且还总是在一起寻点小开心，可马莉娅今天对谈话的转折感到如此无趣，实在有点奇怪。马莉娅看着她穿着高领的黑色工作服在那儿坐得笔直。

马莉娅退出去了。

在工作室对面，楼梯转弯处的墙上，挂着一幅镀金大相框装裱起来的肖像画。马莉娅看着画里的女士，她穿着古怪的服装，头上戴一顶高高的圆顶棉帽。马莉娅小声说道："嗯，你不知道，我看见了一只苍蝇。"然后她跑下楼去，正好碰上爸爸手拿一根钓鱼竿。他身上穿着丑陋的棕色套装，脚上穿着棕色厚底鞋。

"爸爸，"她朝他喊道，"我刚才一直在跟他们说，我看见

95

一只苍蝇。"

"哦，是吗？"他说道，"你这个黑眼睛的脏衣服孩子。我想问一问，一大早你溜进他们的房间干什么？说起苍蝇，你今天下午有什么打算？我好落实一下我认识的肥鳟鱼夫人的事。"

"瞧您，爸爸，"马莉娅生硬地说，"您总是那样转移话题。我想告诉您的，是一件非常特殊的事情。"

"瞧这儿，"爸爸一边拍着钓鱼竿的顶端一边说，"我们现在要做的，是这件事。晚上我进来跟你道晚安的时候，你再给我讲那只苍蝇的事吧。到那个时候，你或许还会看到许多别的东西。而你将凭每一样以字母Q开头的东西得到一便士。苍蝇多得是。"他又补充道。

"我不认为我会在乎看许多别的东西，"马莉娅说，"但我会看的。"她离开这儿进花园去了，走得甚至比小个子的维多利亚女王还沉静。

直到那时，早上的天气一直像一面上了蓝色镜框的镜子，晴空万里。现在，一大片乌云飘浮在辽阔的天空。在菜园里，她遇到了园丁普拉特先生。他穿着条纹状的棉布衬衣，衣袖卷起高过胳膊肘，正在给玫瑰树喷洒药物。马莉娅看着他干活。

"你这是在做什么？"她问道，"让我来试试。"

"别急，别急，亲爱的。"普拉特先生说，"你现在还摆弄不了这个大家伙。"但他还是把只剩下少量液体的喷洒器放到她手里，"现在使劲推。"

马莉娅用力推，直到她那双胖手上的指关节发白，满脸涨得通红，但没有药液喷出来。于是，普拉特先生用他那双棕色厚实的大手握住她的小手，抓紧喷管，一起用力。一小股精美的药液像一小片云彩从喷嘴喷射而出。

"喷出来了！"马莉娅得意洋洋地说，"如果真正使劲，我就能喷出来。求你了，你这究竟是在干什么？"

"啊，"普拉特先生说，"这是秘密。"

"啊，"马莉娅模仿道，"我也有个秘密。"

"什么秘密？"园丁问道。

她朝他举起手指。"我刚才看见一只苍蝇。它的翅膀就像你看到的水上的油，红红的脸上长着银白色的眼睛。它没有发出嗡嗡的声音，但它用前腿擦翅膀，然后又搓前腿，就像在擦开瓶器一样，然后断断续续搓头，然后又从头开始。我不是说所有的情况。我的意思是说，我看见了那只苍蝇——我是说我看见了。"

"啊，"普拉特先生说道，他棕色脸上的汗珠闪着亮光，"啊，一只苍蝇？那也是个值得看的东西。但是那边那个漂亮的

小草地怎么样？还有那只小苎麻赤蛱蝶——现在静一静，看——那上面的锦葵花！真美！我们不会收获许多绿叶蔬菜的，小姐，不知你明不明白？"

马莉娅完全明白，但她讨厌绿叶蔬菜，讨厌到好像她过去曾经在另一个世界吃过冷盘蔬菜一样。没人想知道关于苍蝇她要说些什么，这一点也非常奇怪，一个人也没有。真愚蠢。但是她照样看小苎麻赤蛱蝶。它松软地挂在像纸一样浅色的锦葵花上方。锦葵花长着尖部呈球形的触角，吮吸它的花蜜，好似女王在客厅里享用她的面包和蜂蜜。这时，太阳又从云层后面偷偷溜出来照射在它们上方的空中，犹如在微微闪光的菜园上方拉起一面浅金黄色的纱帘。小苎麻赤蛱蝶的两侧在阳光的照射下呈现出橙色、黑色或白色的条纹状和斑点状的图案，使它在轻柔的温热中好像由于难以名状的快乐和欲望而微微颤动。

虽然马莉娅非常喜欢这种生物的炫目美丽，但这不是她的苍蝇——至少这不是马莉娅苍蝇。它只不过是一只蝴蝶——像阳光一样可爱，像彩色的飘浮不定的水蒸气一样可爱，双翅优美地扇动着，弯曲的双腿抓住脚下的薄纱平台，在这摇晃的基座上支撑着它姿态轻盈的纤细的身体，好像它知道这个世界坚如磐石，永不改变，即便它现在显得像梦一样轻柔。

98

马莉娅观察蝴蝶的时候脑袋里啥也没想，只是嘴里反复自言自语地念叨，尽管没有使用任何言语。她念叨的是，她再也不想进客厅去了；她不希望再见到她的苍蝇了；她永远不想长大；大人们从来都不懂你说的真正意思；只要他们不努力做出微笑和耐心的样子，好像一丁点儿寒冷的气息都会把你吹走，你就能证明你也长大了，甚至比他们还大——即使你不得不吃绿叶蔬菜，不得不做他们叫你做的事，不得打扰老先生们写布道文，必须按时上床睡觉——不，她想的实际上不是这些事情。但当她再次抬起头来看了普拉特先生一眼时，她长长地深深地叹了一口气。

　　他又在用喷洒器努力干活。现在，太阳在马莉娅和喷射出来的水雾之间照射着，在空中形成了一轮奇妙的小彩虹。彩虹几乎呈圆形，绿色植物都框在里面，十分生动，犹如无数蚜虫聚集在一起围绕玫瑰花蕾的茎。

　　"我跟你说过，"她有点伤心地颤抖着，尽管她努力保持平静，"我跟你说过一件事，但你没留意。"

　　"好了，好了，好了。"园丁说道。但他还没有来得及把话说完，马莉娅已经顺着小道大踏步走开了，转眼之间就消失在温室的拐角处。

　　片刻之后，她碰巧遇到了园丁的儿子——病人乔布。乔布是个傻子，头发乱糟糟的，长着一只塌鼻子和一张傻乎乎的嘴巴。

　　村里人说的傻瓜的特征，他几乎都有。不管你跟他说什么，他只知道傻笑，即便你对他怒目相向。园丁别的儿子都不像他。被他触摸的花的根茎似乎想摆脱他笨拙的手指，而他是个玩蜜蜂的魔术师。他跪在地上，用刷子擦拭花盆，身边放着三个捕鼹鼠用的小钢夹。马莉娅出现时，他抬起一张和善的南瓜似的脸，露出所有的牙齿咧嘴对着她笑。

　　"早上好，小姐。"他说道。

　　"早上好，乔布。"马莉娅说。她站着看着他，看着他宽阔、和善的脸上长着的猪眼似的小眼睛，感到犹豫不决。然后她略略弯下腰，对他小声问道，"你见过苍蝇吗？"

　　"呃，小姐，苍蝇吗？"他答道，嘴张着，"呃，小姐，我见过苍蝇。"

　　"但是你见过——"马莉娅低声问道，"但是，乔布，你见过世界上唯一的极小的苍蝇——你的苍蝇吗？"

　　乔布挠挠头，非常严肃地思考这个问题，严肃得马莉娅担心他会迸发出一声大叫。"哦，小姐，"他最后突然大笑一声，"我见过。我和你都是苍蝇。"

马莉娅发出一阵大笑，结果二人齐声大笑。随后她发现自己眼含泪水，突然感到沉默而悲哀。"现在，"她说道，"你最好继续擦你的花盆。"

她转过身去，小小的脑袋里似乎充满了一首古老的歌曲，旋律忧伤，好像荒凉海滩上潮汐发出的声音。不远处有一座很老的乔木小凉亭，即使经过了几周晴朗炎热的天气，仍然散发出潮湿的气息——不过闻起来是半干半湿的味道。

马莉娅走进凉亭的阴凉处，在那儿独自站了一会儿。至于为

什么要进去，她自己也不知道。里面一片寂静，但是是一种发霉的、不透气的、令人沮丧的寂静——与客厅里面阳光明媚的寂静迥然不同。室外的空气中到处都有嗡嗡声。成千上万的微小声音一起奏鸣，就像拨动了一把大提琴的琴弦。一只鸟儿跳到了凉亭顶上，她能听见它的脚爪落在木材上的声音。鸟儿的冲击力腾起一小片尘土，然后尘土又化作细小的尘埃落在她的脚上。凉亭的角落里结满了蜘蛛网。

马莉娅又发出一声深深的叹息，然后抬起头来环顾四周，似乎希望找到别的什么人，可以将她的秘密故事讲给他听，关于苍蝇的故事，关于马莉娅苍蝇的故事。她停顿了一下，凝视着什么，然后，好像得到了一个信号，她突然跳下来，冲出凉亭，像一只细腿的鸟儿一样轻快地飞越绿草地，进入令人愉快的强烈阳光之中，却一点儿也不知道要往哪儿去。

琼西小·姐和她的猫

琼西小姐和她的猫萨姆在一起很多年了，近来才注意到它行为当中一些不寻常、令人不安的东西。像多数与一两个人同住一个屋檐下的猫一样，它一直比别的家猫更精明。它学会了琼西小姐的方式，也就是说，它的所作所为几乎就像是一个穿着皮毛外套的小人类。它就是一只被称为"高智商"的猫。

虽然萨姆从琼西小姐那儿学到了不少东西，但我得说琼西小姐从萨姆那里学到的东西很少。她是一位善良、宽容的女主人，会缝纫、做饭、用钩针编织衣物、整理床铺，还会一点儿读书写字和算术。当她还是个小姑娘的时候，她经常和着钢琴唱"我亲爱的凯瑟琳"。当然，萨姆不会做这种事情。

但是，琼西小姐不能像萨姆那样，用她的五指抓住并杀死老鼠或黑鹂鸟，也不能爬上一面六英尺高的砖墙，或者从客

厅的壁炉垫跳到壁炉架而不搅动一个装饰物，或不让一个水晶制品碰到另一个而发出叮当声。她不能像萨姆那样在黑暗中找路，或凭嗅觉找路。而且，如果她手脚并用小心翼翼地爬到离地面两三英尺高的地方后落下来，会立刻摔个四脚朝天；而萨姆才三个月大的时候，就能在十二英寸高的空中扭转身体四肢着地，稳如台桌。

尽管萨姆已经从琼西小姐身上学到了很多东西，琼西从萨姆身上却什么也没学到。即使她愿意学，萨姆愿意教，她能否证明自己是个好学生，也是个问题。而且，她对萨姆的了解远远少于萨姆对她的了解，至少那天下午，她对着镜子梳理头发之前是这样。那时，她几乎不敢相信自己的眼睛。那一刻她完全改变了自己对萨姆的看法。

萨姆一直是只强健优秀的动物，它的皮毛乌黑发亮，如丝一般光滑；它的眼睛犹如金子，即使在阳光下也闪闪发光，在夜晚则像宝石一样泛着绿光。它现在五岁了，能发出不同寻常的有力的"喵喵"叫声。它孤单地和琼西小姐住在普斯特屋，自然而然地成了她形影不离的伙伴。因为普斯特屋是一幢格外孤单的房子，几乎位于哈格斯登荒原的中央，就在两条小道像半开的剪刀一样交叉的地方。

她离最近的邻居搬运工加林斯先生也有一英里多的路，而离偏僻落后的哈格斯登村还有另外一英里远。村里的道路极其古老，在罗马人来到英格兰以前，这些道路曾经是羊肠小道。多年以来，很少有骑马的或步行的旅游者来访，甚至连放羊的牧人都不朝琼西小姐住的这边走。就是在她家窗台上一连趴上几天，你也难得见到一辆补锅匠手推车或吉普赛人的大篷车。

　　普斯特屋或许是有史以来最丑陋的房子。它的四个角落在荒野中往上直立着，就像一堆建苗圃用的砖头。晴天站在它的平屋顶上，你可以看见荒原上几英里以外的景色。加林斯先生的小屋在浅浅的山洼里，所以看不见。这房子属于琼斯小姐的祖先已经有好几代人了。哈格斯登的许多人称之为琼西家。尽管吹大风的时候屋里好像充满了风琴一样的噪音，尽管冬天屋子里就跟谷仓一样冷，尽管这个家族的另一个分支早在上世纪70年代就搬到威特岛去了，琼西小姐仍然忠实于这幢老房子。其实，她喜爱这个丑陋的老地方。

　　光是这一个事实，就使得萨姆的行为应受到谴责，因为没有哪只猫的女主人比琼西小姐更好。琼西小姐本人现在大约有六十岁了——比萨姆大五十五岁。她高挑瘦削，腰板挺直。她周日穿黑色的羊驼呢，礼拜天穿波纹绸。她的圆形钢制大眼镜架在她的

105

高鼻梁上，使她显得冷漠和敏锐。但真实的她这两点都没有。因为像加林斯先生那么笨的人，都能在包裹运费的问题上把她给骗了——仅仅靠假装劳累，或者瞟一眼自己那头毛发粗糙、八字脚的母马后唉声叹气。在琼西小姐硬邦邦的紧身胸衣下，藏着一颗最温暖的心。

由于普斯特屋离村庄很远，牛奶和奶油的供应成了难题。但琼西小姐不会拒绝萨姆的任何要求。她一周付整整六便士给一个叫苏珊·阿德的小姑娘，让她从最近的农场把这些美味食物带来。它们确实非常可口，因为尽管哈格斯登荒原上的草味道很酸，吃这些草的奶牛奶水却很充足，萨姆吃了这些奶长势良好。加林斯先生一周来一次，来送长期订购的鲜鲱鱼或可口的时令鱼。如果买不到更便宜的有益健康的鱼，琼西小姐也会舍得掏钱来买小鲱鱼。加林斯先生看着萨姆在他的车轮周围摇尾乞怜，会幸灾乐祸地看着它的餐盘说道："你真是个古怪的动物，果然如此。你真是个神奇的古怪动物。"

至于琼西小姐本人，她是个舍不得吃的人，尽管她离不了茶。她自己动手做面包和饼干。星期天，一个屠夫给她送来大块肉，但她不爱吃肉。她的橱柜里装满了自制果酱、瓶装水果和晒干的香草诸如此类的东西，因为普斯特屋后面有一个不错的长条状的花园，四周有高高的黄色旧砖墙围着。

当然，在生命早期萨姆就学会了知道吃饭的时间——如何"报时"只有萨姆自己才知道，因为它似乎从不看楼梯间的座钟。萨姆很守时，喜欢在洗手间里打扮自己，并且很能睡。萨姆学会了拨开后门的门闩，因为有时候它想出去却找不到一扇开着的窗户。的确，萨姆似乎常常更喜欢拨开门闩。它从不睡在琼西小姐的补丁被子上，除非它自己的被子放在上面。它在生活习惯上非常讲究，几乎到了矫揉造作的程度，但它不偷食东西。当它想吃东西的时候，它就叫一声；当它想喝水的时候，就将叫声提高半个音或两个音；另一种叫声——轻柔而持久——表明它想跟女主人交谈。

当然，不是说这个动物会说英语。萨姆喜欢坐在火边——特别是厨房里的一把椅子上，因为它生来就不是适合待在客厅的猫。萨姆抬起头来看着琼西小姐闪光的眼镜，然后又低头看一会儿火焰（同时把爪子收起，伸出，又收起，又伸出，嘴里还发出咕噜咕噜的声音），好像它在布道，或者在背诵一首诗。

但这都发生在一切显得顺心的开心日子里，发生在琼西小姐的头脑里没有疑问和怀疑的日子里。

像其他猫一样，萨姆年幼时喜欢躺在窗台上懒洋洋地望着苹

果树上的鸟儿，或者蹲在老鼠洞旁，一蹲就几个小时。这些是萨姆的室内娱乐活动（它从不吃自己捉住的老鼠），而琼西小姐头戴帽子，手拿扫帚、掸子和擦盘子用的抹布，忙里忙外地干活。萨姆也会检查那些一般猫不感兴趣的东西。有天下午，它想告诉琼西小姐飞蛾在她的客厅地毯上搞破坏，怎么办呢？它在琼西小姐面前翘起尾巴走来走去，直到她注意到它。有一次，一块烧得又红又烫的煤炭把厨房的脚垫点燃了，萨姆就像亚马孙河原始森林里的猴子一样发出短而尖的叫声，来警告琼西小姐。

萨姆会躺着或坐着，让胡须上午对着北方，下午对着南方。通常来说，它的举止是完美的。偶尔琼西小姐呼唤它的时候，它会皱起眉头——无论如何都要装出一副情绪低沉、闷闷不乐的样子，好像在告诫说："你为什么一定要打扰我，小姐？我在忙别的事。"琼西小姐猜想，有时候它会故意把自己藏起来，或者偷偷溜出普斯特屋。

琼西小姐有时候会看见它从一个房间走到另一个房间，好像在视察工作似的。在它两岁生日那天，它衔着一只大老鼠走进来，把它放在她靴子亮闪闪的鞋尖装饰旁。当时，她坐在火炉边织毛衣。她像往常一样朝它高兴地微笑并点点头，但这一次，它专注地看着她，然后若有所思地摇了摇头。打那以后，它再也不理睬老鼠、老鼠洞或老鼠窝，琼西小姐不得不去买了个用奶酪作为诱饵的捕鼠夹。

几乎任何一只家猫都会做这种事。当然，所有这一切只是萨姆驯善的一面。因为它和琼西小姐同住一屋，像任何两个生活在一起的生物一样，它必然会维持某些面子，正如俗话所言，他们"萍水相逢"。然而，当它"自力更生"的时候，它就不再是琼西小姐的萨姆了，不再仅仅是普斯特屋的猫了，而是它自己。那就是说，它回到自己的自由独立的生活，回归它自己的习惯。

那么，漫游的旷野就成了它自己的国度，而人类及其房屋对它而言，不过就是我们眼中的鼹鼠坡、獾穴或兔子窝。对于它生活的这一方面，女主人几乎一无所知。她不考虑这些事。她认为

萨姆的行为跟其他猫一样，尽管很明显有时候它走得很远，因为它不时地带回一些野味。有时琼西小姐傍晚散步的时候，她会看见它——一个迅速移动的黑点——远远地沿着道路匆忙地往家里赶。它赶路的速度和步态所表达出来的意图，比加林斯先生和村里的牧师所能表达的都更丰富。

当萨姆走近到可以"咪呜咪呜"打招呼的距离时，观察它的行为方式发生了些什么变化也是件令人愉快的事。它马上从一只野猫变成一只家猫。它此刻不再是个猫科冒险家、夜间掠夺者和哈格斯登荒原的常客（虽然琼西小姐不会这样描述它），而只是女主人娇惯的宠物萨姆。她非常爱它，但是，跟其他习惯于群居的人类一样，她并不会过多地考虑它。所以，那天晚上，当琼西小姐发现萨姆在没有任何征兆的情况下故意欺骗她的时候，她感到十分震惊。

当时她正在镜子前梳理前额稀疏的棕色头发，头发从前面垂下，犹如一层纤细、疏松的面纱。由于她在梳理头发的时候总爱想其他事情，所以有点心不在焉。当她从沉思中抬起眼睛时，她不仅在镜子里看到了萨姆的映像，还察觉到似乎正在发生一件有点神秘的事情。萨姆坐起来，似乎要乞求什么。这没什么奇怪的，它从几个月大就有这个本领了。尽管如此，它可能在乞求什么呢?

现在装有印花棉布短帷幔的梳妆台右边的窗户从顶上打开了。窗外,天色开始黑下来了。整个哈格斯登荒原在夜晚浓厚的夜幕中沉寂下来。除了乞求以外,萨姆现在似乎在用爪子示意着什么。那就是说,它好像在打手势,似乎窗外有某人或某物在看着它——这是完全不可能的。而它脸上出现的神态琼西小姐以前从来没有见过。

她举起刷子梳理头发,瘦长的手臂与头部斜成一个角度。见此情景,萨姆立刻停止了自己的动作。它四肢落地,似乎是想让自己安定下来,再睡上一会儿。不,这也是个假象。因为当她仔细看时,萨姆正不安地转来转去,以便让它的胡子再一次正对着南方。它的后半截身子对着窗户,眼睛直勾勾地凝视着前方,脸上带着不友好的神情。对于一个从睁开眼睛就跟她一起生活的动物来说,这神情确实远远算不上友好。

萨姆似乎读懂了主人的心情,抬起头来看着她。她赶紧把目光收回来。当她梳洗完毕转过头来时,看见它坐在那儿——表情如此地安详,如此地像只猫咪,如此地普通,以至于琼西小姐怀疑自己是不是看错了。难道是眼睛欺骗了自己——或者镜子欺骗了自己?那个奇怪的动作是萨姆的前爪做出来的吗(它好像在织

111

毛衣）？那个兴奋的凝视仅仅是因为它在抓一只无形的苍蝇吗？

琼西小姐撩起窗帘，朝窗外看了一眼。外面啥也没有，只有辽阔的旷野和闪亮的星星。

那天晚上，萨姆的奶油晚餐像往常一样放在客厅里壁炉前的地毯上。灯亮着，红色的窗帘已经拉上。火焰在炉子里发出噼噼啪啪的声音。他们两个就坐在那儿。十字路口旁的这幢四角房子的四面墙在他们周围耸立着，在辽阔黑暗的荒原上和星空下，就像一个长方形的盒子。

琼西小姐和萨姆就这么坐着。萨姆似乎很快就睡着了，而琼西小姐却在思考。今天晚上发生在卧室的事使她回想起以前发生的种种奇怪小事，那些当时她几乎没有注意到但现在又清晰地出现在记忆中的琐事。例如，在过去，每天到了这个时候，萨姆常常会坐在那里，似乎迅速入睡（就像现在一样），它的爪子整齐地收起来，看起来很像一个吃饱饭后的市议员。然后，在没有任何前兆的情况下，它会突然跃起，在屋子里某个地方——半开的门或窗，它会找到出口，直接冲出房间，消失在黑夜之中。这是常发生的一件事情。

有一次，琼西小姐发现它蹲坐在一间小屋的窗台上。这间小屋自从她八岁时米莉表姐住过后几十年都没用过了。她一看见它就大声喊道："愚蠢的萨姆，你给我进来！你会摔下去的！"那一幕她记得很清楚，就像昨天才发生的一样。当时虽然它听到喊声以后马上小心翼翼地下来了，但它却没有看她一眼，从她身边经过时也没有一点儿表示。

在明月当空的夜晚，唉，你也拿不准它在哪儿！你永远也不知道它干什么去了。它究竟到哪儿去了呢？她越想越沮丧，越想疑问和不安就变得越发强烈。今天晚上，琼西小姐决定无论如何也要跟踪。但她并不乐意这么做，她讨厌所有形式的秘密监视。他们是老朋友了，如果没有它在荒凉的普斯特屋里陪伴她，她会感到孤独和忧伤。她非常爱萨姆。然而，那天晚上她目睹的情形留在她脑海中，了解隐情更为明智。

琼西小姐睡觉时总是让卧室门半开着。从她上幼儿园时就一直是这样睡的。作为一个胆小的女孩，在那遥远的时代，她喜欢听到楼下成年人的说话声和勺子、叉子碰撞时发出的叮当声。至于萨姆，它总是睡在壁炉旁的篮子里。每天早上它都会在那里，尽管有时候，琼西小姐清晨轻轻睁开眼睛时会看见它那双浅绿色的猫眼。它后爪着地，前爪搭在她的床边上，双眼看着她的脸庞。"该吃早饭了吗，萨姆？"女主人会小声问道。而萨姆会小声地发出"咪咪"的叫声，就像远处高空中海鸥的叫声一样。

然而今天晚上，琼西小姐只是假装睡着。不过，要保持完全清醒可不容易，当门轴上传来轻微的吱吱声时，她几乎快要睡着了。她意识到萨姆出去了。等了片刻之后，她划燃一根火柴。没错，黑暗、宁静的房间里只剩下它的空篮子。不久，从远方——从哈格斯登村的教堂尖顶传来报时的钟声。

琼西小姐把那根没燃尽的火柴棍放在蜡烛托盘里，就在那一刻，她觉得自己好像听到从窗户处传来一声微弱的"咝咝"声，犹如一阵风吹过的声音，或者一只快速飞行的鸟拍打翅膀所发出的声音。这声音甚至让琼西小姐回想起快要忘记的盖伊·福克斯的时代和火箭穿越空中时所发出的声音。琼西小姐从床上起来，披上法兰绒睡衣，把窗帘撩开一两时，往窗外张望。

这是一个天高云淡、繁星点点的夜晚，屋顶上方的天空发亮，表明房子后方肯定有月亮。就在她张望的时候，一条银白色的光从天空中迅速下降，并且不断缩小、变弱，直到最后消失在夜空里。那是一颗流星。就在那一瞬间，琼西小姐觉得她又听见空中传来一声微弱遥远的"咝咝"声。那也是流星吗？她会看错吗？她会被欺骗吗？她把头缩回去了。

然后，好像是蓄意做出挑衅的回答，从远处或者她的狭长花园的最远一端，隐隐约约传来一阵猫叫春的持续叫声，十分低沉——你可以说是女低音——"咪——啊——呜——！"

但愿不会！那是萨姆的声音？猫叫春的声音停止了，但琼西小姐依然忍不住一阵战栗。她熟悉萨姆的声音，但肯定不是刚才听到的那个声音！肯定不是！

虽然在这个寂静的夜晚，在这个寂寥的地方，这种呼唤声在她本人听起来有点陌生和下流，但她还是立刻打开窗户，呼唤萨姆的名字。没有回答。花园里的树木和灌木丛一动不动。它们投在地面上的模糊影子揭示出空中的月亮有多小，悬挂的位置有多低。荒原上模糊起伏的地面延伸向远方。除了天空的光亮，地面上见不到一丝光线。琼西小姐一遍又一遍地呼唤道："萨姆，萨姆，回来吧，回来吧，你这个坏蛋！"没有一点儿回声，连树叶、草叶都没有抖动一下。

经过一夜折腾，琼西小姐第二天早上起得有点晚。她从床上坐起来后看见的第一样东西，就是萨姆——像往常一样躺在篮子里。这真是个谜，一个令人不安的谜。吃了早饭后，它继续睡觉，一直睡到中午。今天碰巧是琼西小姐一周当中做面包的日子。她一边做，一边拿眼睛瞟着这个一动不动的家伙。最后，她在它身边站了一会儿，紧紧地盯着它。

萨姆弓着身子躺着，脸向着火炉一边。琼西小姐似乎从来没

有注意到它脸上那捉摸不定的陌生的露齿微笑。"萨姆!"她尖声喊道。萨姆一只眼立刻睁开了,睁得圆圆的,露出凶光,仿佛听到了老鼠的叫声。萨姆盯了她一眼,然后垂下眼睑。盯视的目光消失了,萨姆开始咕噜咕噜地睡觉。

所有这一切让琼西小姐感到非常不开心。那天下午,加林斯先生送来一篮子新鲜的小鲱鱼。"它们的腥味会让萨姆兴奋起来的,"他说道,"它们像雏菊一样新鲜。天哪,小姐,那头野兽

真是个暴君！"

　　"猫真是奇怪的动物，加林斯先生。"琼西小姐若有所思地说道。而萨姆呢，翘着尾巴，把脑袋凑近女主人的脚边，轻轻地擦着，那动作好像在表示同意琼西小姐的观点。

　　加林斯先生说："呃，是的，是这样。我是说，它们见不到你的时候，就会把你忘掉。猫身上的感恩之情和爱，并不比一台水泵更多。不过就水泵而言，应该感恩的倒是我们。我就知道，有一窝猫甚至把它们的女主人赶出了家园。"

"但是你不会把一只猫只当作宠物来养吧？"琼西小姐模棱两可地说道，她害怕进一步问到这件怪事的细节。

"呃，不，小姐。"搬运工说道，"上帝把它们造成什么样，它们就是什么样。但我肯定，假如它们嘴里长着一条人的舌头，一定会讲出一些棘手的事。"

萨姆已停止磨蹭它女主人的脚，一直看着加林斯先生，他的头发在脖子和肩膀处有点乱。搬运工看了看身后。

"不，小姐。如果它们有四倍这么大的话，我们就不会养它们了。"他最后说道。

目送加林斯先生的小车走远以后，琼西小姐转身进屋，比以前更加不安了。对于加林斯先生送来的鱼，萨姆嗅都不嗅一下，但这并没有减轻她的不安。它爬到厨房里的一张矮桌子下，前面有一个琼西小姐用来放引火木的柜子。她觉得好像听见它的爪子时不时地在刨东西，似乎在表达它"诅咒"时的自然情感。

她对萨姆的爱抚无论怎样都徒劳无用。它唯一的回答方式就是打喷嚏，有点类似于说"呸！"的样子，这让人觉得很不舒服。琼西小姐的感情已经受到伤害。现在受折磨的是她的精神。搬运工说过的话，或者他说这话时的神态，或者他在走廊上回盯萨姆时，她在他脸上看到的那个奇怪的表情，久久地萦绕在她脑海里，挥之不去。她已不再年轻，她是否变得爱幻想？或者她必须得出结论，说在过去的几周里，萨姆一直都在回避她，或者拼命地隐瞒它的行踪和兴趣？真是一派胡言。更糟糕的是，她现在是否非常轻信，以至于会相信萨姆一直在背着她悄悄地向某一个在天上或月亮上的同伙发信号？

不管怎样，琼西小姐决定更加密切地盯着它。他们的未来处于险境之中。她至少要确认，它那天晚上没有离开屋子。但随之而来的问题是，为什么不呢？她问自己：为什么这个动物不可以选择它自己的行动时间和季节呢？猫和猫头鹰一样，在黑暗中视力最好。它们在黑暗中最方便捕老鼠，还可能更喜欢夜晚来办理它们私密的、社交的，甚至公共的事务。普斯特屋离哈格斯登村毕竟只有两英里多路，那里的猫多得是。可怜的伙计，她不会说话的伙伴有时候该多么无聊啊！

这些就是琼西小姐的思考。似乎是为了让她放心，萨姆这时安详地走进屋子，跳上她茶桌旁边的空椅子。似乎还为了证明它对自己的坏脾气进行了反思，或为了暗示它和加林斯先生之间并没有什么矛盾，它开始舔他给它剁碎的鱼肉，表明它对鱼的味道并没有什么不好的看法。

"这么说，你对鱼肉的看法改善了，孩子？"琼西小姐心

里说道，但嘴里没说出来。当她迎着它的目光时，她意识到，要读懂这双眼睛后面所隐藏的含义是多么艰难。你也许会说，萨姆只是一只猫，里面根本就没有什么含义。但是琼西小姐知道得更清楚，如果这样一双眼睛从一个人类身上看着她，就会有足够的含义。

不幸的是，好像萨姆偷听到了女主人对村子里的猫伙伴的推测。此刻，开着的窗户下面传来一声微弱不定的猫叫声。刹那间，萨姆已跳下椅子，蹿出窗台。琼西小姐站起身来，只看见它在狂怒地追逐一只苗条光滑、黑白相间的家猫。那只家猫到这里来显然是希望受到友好接待的，现在却不得不仓皇逃命。

萨姆追逐回来后，琼西小姐惊恐地发现，它的右前爪之间夹着一两簇猫毛。在火炉边安定下来以后，它用嘴把毛舔掉了。

傍晚时分，琼西小姐像平常一样在花园里散步，心里仍然想着这些令人烦恼的事情。走到小路的尽头后，琼西小姐又往前走了一段，一直走到草木葱茏、杂草在为数不多的几棵苹果树下探出头来的地方。再往前——因为她的花园狭长——那里生长着杂乱的黑刺李和山楂的灌木丛，这些植物在普斯特屋修之前，就已在这片荒原的春天里开花了。这里还繁荣地生长着一种令人讨厌的、到处蔓延的荨麻——它们发酸的气味弥漫在空气中。

就在这个被遗弃的地点——就像鲁滨逊·克鲁索漂流到的孤岛——琼西小姐突然停在一个脚印前。但还不止这个，几英寸开外的地方又出现一个类似于步行手杖的印记，甚至更粗大更沉重的东西——拐杖——的印记。她会看错吗？那个脚印的确是一种特殊的脚印。"一只奇怪的鞋！"琼西小姐想。这一相似是偶然的吗？它真是个脚印吗？

琼西小姐偷偷地瞥了一眼屋子。它在旷野的黄昏中隐隐约约地立着，显得荒凉和令人生畏。她觉得，尽管夜晚的灯光可能会欺骗她的眼睛，她还是能看见从厨房窗户向她张望的萨姆的畏缩的身影。被盯梢了！自己被暗中监视了——被盯梢了！

萨姆当然一直在关注着她。那有什么好奇怪的？要不然，它从哪儿去得到它的小鲱鱼、奶油、牛奶和新鲜井水？然而，琼西小姐回到客厅时还是感到心烦意乱。

这是一个平静得不同寻常的夜晚，她挨个房间地去关窗，看见天空中已经升起一轮明月。她带着不安的心情凝望着月亮。最后，上床睡觉的时间到了。当萨姆像往常一样，喝点牛奶，进篮子睡觉之后，琼西小姐几乎是挑战性地把钥匙放在视线之内，故意锁上了自己卧室的房门。

当她第二天早晨醒来时，萨姆像平时一样，还在篮子里睡

121

觉。白天一整天它都待在屋子里，没有外出。星期三和星期四也是这样。直到星期五，琼西小姐才有机会再去楼上没有壁炉的卧室，萨姆像平时一样跟在她身后。她去检查那个房间里微弱的令人厌恶的煤烟味。没有烟囱，却有一股煤烟味！她转过身来对着她的伙伴——它已经离开了房间。

那天下午，当她在自己的百纳被上发现一处漆黑的煤烟污迹时，她意识到，不仅她的怀疑得到了证实，而且萨姆还生平第一次趁她不在的时候，故意躺在上面。对于这种纯粹的藐视行为，她不再生那么大的气。毫无疑问，萨姆现在公开藐视她。没有哪两个伙伴如此对立，还能同居一室。必须教训它一顿。

那天晚上，琼斯小姐当着这家伙的面，锁上自己卧室的门，拿一个很大的垫子堵在烟囱口，然后关上通气调节板。看完这几个步骤后，萨姆从篮子里站起来，轻轻一跃，跳上梳妆台。

窗户外面，旷野还亮如白昼。这家伙没有理会琼西小姐。它蹲伏在那儿，目不转睛表情忧郁地盯着空荡荡的天空，因为从它坐的地方可以看见，天空中出现了一条宽阔的裂口。

琼西小姐接着做她的晚间梳洗，徒劳地假装对这畜生的作为完全不感兴趣。一个微弱的声音，不全是"咪呜"的猫叫声或"咕隆咕隆"的叫声，而是从喉咙深处发出来的、低沉的叫春声音。

但不管这些声音有着什么含义，可能只有萨姆自己才听得见。在窗台上或外面的世界里，没有一点儿动静。然后，琼西小姐放下窗帘。见此情景，萨姆立刻向全世界举起它的前爪，似乎准备要抗议。但随后，它似乎改变了想法，假装这个动作只是为了要开始做晚间梳洗。

在蜡烛吹灭以后很久，琼西小姐还躺着偷听动静。在黑暗的寂静中，任何骚动和动静都容易被发现。先是从壁炉的通气调节板处传来了悄悄走路的声音和轻叩声，这清楚地表明了发生了什么事情，以至于琼西小姐可以凭想象明确地看见，萨姆后腿立地站在炉底石板上，徒劳无功地试图把障碍物推开。

此举没得逞，它似乎四脚着地跳回了地面，然后停了下来。它放弃它的意图了吗？不。现在它又来到门边，用爪子轻轻地抓挠，然后猛地一跃，跳向门闩，但门是锁着的。离开门边后，它又跳上梳妆台。现在它想干什么？琼西小姐偷偷把头从枕头上抬起来，看见它伸出前爪，轻轻地拉开窗帘，明亮的月光一泄而进。就在她偷听偷看时，她又听见了那个微弱的"唑唑"声，仿佛一只野天鹅扇动翅膀的声音。那声音有点类似于鸟儿夜间鸣叫，在琼西小姐听来，却像尖锐刺耳而又响亮的"咯咯"笑声。

听到这声音，萨姆急忙从窗户上转过来，毫不隐瞒地从梳妆台跳到她的床铺栏杆上。

这种粗野的行为再也不能容忍了。可怜的琼西小姐披着被单从床上坐起来，把歪斜的睡帽向下压了压，把手伸向床边的椅子拿火柴，划燃火柴，点亮蜡烛。她费了好大一番努力才鼓足勇气，慢慢地转过头来面对她的伙伴。只见它全身毛发直立，好像触了电一样。它下巴上的胡须僵硬地向前翘起，块头看起来起码比平时大了一倍。它的一双眼睛像两团火在燃烧。当它把脸转向一边以回避她的注视时，嘴里连续发出"咪——啊——呜——"的低沉叫声！

"我说你不许这样。"琼西小姐对这个家伙喊道。听到这话，它才慢慢转过脸来对着她。似乎只有在这个时候，琼西小姐才实实在在地看清萨姆的真实面目：不光是一副龇牙咧嘴、老虎般凶猛的样子，而还带着几分追求自己欲望的忧郁而坚定的决心。

琼西小姐现在完全没了睡意。她也很固执。这家伙似乎对气氛产生了一种影响，她难以抵挡这种影响。她起床穿上拖鞋，来到窗边。一个奇怪的从体内深处发出的叫声又一次从床栏传来。她撩起窗帘，月光从荒原上空一泄而进，照亮了她的小房间。当

她转过身来责备她的宠物忘恩负义、行为不得体和欺骗行为时，它的脸上露出威胁、顽固和凶恶的神情。琼西小姐不再犹豫了。

"嘿，听我说，"她用颤抖的声音喊道，"你不许出门。如果你喜欢煤灰，那你就玩煤灰吧。"

说着，她用拨火棍把通气调节板往后猛地一推，用煤钳把垫子拖下来。她被煤灰呛得直咳嗽。咳嗽声未停，这个灵活的黑色家伙已跳下床栏，冲进壁炉，越过炉条，爬上烟囱，跑掉了。

琼西小姐气得浑身发抖，不得不在身旁的藤条摇椅上坐下来。"咝——咝——"窗口又传来了神秘的声音。但这次是一阵持续慌乱的低沉声音，犹如火箭拖着火焰尾巴迅速上升，逐渐进入太空的声音，而不是火箭下降时的声音。然后，在随后的寂静中，又从花园一角传来一阵声音，像是胜利的欢呼声。那是猫叫春的声音，非常具有穿透力，非常洪亮，足以使哈格斯登村的鸡舍和周围四英里范围内的每一只正在睡觉的公鸡都兴奋起来。在更远的地方，雄鸡在夜空中爆发出尖叫声。片刻之后，接踵而至的是教堂尖顶传来的午夜钟声。然后又是寂静，完全的寂静。琼西小姐回到床上，但那天晚上再也没有睡着。

她的脑海里充满了不开心的念头。她对萨姆的信任消失了。更糟糕的是，她失去了爱它的信心。都白费了！辽阔海洋里的所

有的小鲱鱼、所有的银鱼，相比之下，都已毫无意义。毋庸置疑，萨姆已经厌倦了她的陪伴。她羞于去想，这对她有多重要，不过是一只动物！但她知道失去了什么，知道以后的日子会有多么乏味无聊、死气沉沉——起床、干家务活、吃饭、梳洗、书籍、茶点、织毛衣和祷告等，循环往复。她的猫，萨姆，现在是多么狂野的一个伙伴！她自己拒绝回答这个讨厌的问题的时候，她好像已经听见了大铁门猛然关闭时，发出的沉重而响亮的声音。

第二天早晨，琼西小姐还在不停地想这些奇怪的事情，对自己和这个多年信任的朋友之间产生的可怕隔阂悲伤至极；还为萨姆公然违背夜间不许外出的禁令而感到羞愧。第二天早上，琼西小姐假装去锻炼，又一次冒险去了花园下面。黑色泥土中一个模糊不清的印记（就如她头天晚上看见的），或许是一个脚印，原本不必大惊小怪。但是现在，在山楂和荆棘丛林的另一面，又出现了许多陌生的印记。而且肯定不是猫爪印！从它在泥土中留下的压痕来看，那是一根至少有扫帚柄那么粗的东西。一根手杖或拐杖，对猫有什么用呢？

下面这个新的神秘事件更让琼西小姐感到忧虑和惊恐。在阳光照射下，她发现屋顶上的烟囱管帽有明显的磨损痕迹。她意

识到，即使像萨姆
这样灵活的动物，
要爬上烟囱也会面临着什么样的危
险。如此令人惊讶地爬上烟囱顶上
后——群星灿烂的天空和辽阔的原
野就展现在眼前——它一定是从烟
囱顶跳到一个不足三英寸宽
的狭窄壁架上的，从那里再
跳到屋脊上，然后顺着倾
斜、陡峭、溜滑的屋顶来到
一根铅制的排水管上。

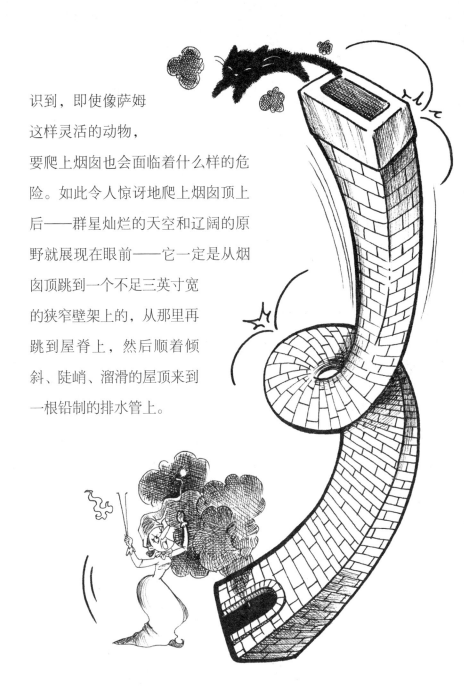

　　然后又怎样呢？浓密的常春藤树丛遮盖着墙壁，由下往上爬到墙壁一半的高度。萨姆真的能够从排水管顶端跳到常春藤上？一想到这个危险，琼西小姐心里就充满了恐惧。她深深地为萨姆担心，因此急于想知道，它是否还活着。

　　当她在花园里走到一半的时候，她听见哈格斯登荒原上传来一连串狂暴的尖叫声和猫的呼唤声。她急忙把花盆放在墙边，踮起脚往远处张望。就在此刻，她看见了她的萨姆，但现在不是它追别的猫，而是被哈格斯登村的猫追逐。虽然它显得疲惫不堪，但还是保持着距离。追逐者只有几只猫，在后面紧紧追赶。

　　"萨姆！萨姆！"琼西小姐喊道。但在兴奋和焦急之中，她的脚不慎踩到花盆上，滑倒了。一瞬间，猫就跑得无影无踪了。定下神来之后，她抓起一柄扫帚，朝她估计萨姆可能进花园的入口冲去。她没有猜错，只过了三秒钟，那几只拼命追逐的猫就跟随而来。

　　后来发生的事琼西小姐就记不大清楚了。她只记得她在这群猫当中使劲地挥舞着扫帚，而萨姆不再是个逃亡者，转过身来，向敌人扑去。这是一场来之不易的胜利，如果不是萨姆因经常追逐而跑得快的话，这场竞赛很可能就有一个悲剧性的结局。但是听到它的嚎叫声，看到它露出牙齿凶猛地向自己咬过来，它的敌人转身四散逃跑了。琼西小姐感到头昏目眩、气喘吁吁，她扔掉扫帚，靠在一棵树干上休息。

她终于又睁开了眼睛。"呃，萨姆，"她咕咕哝哝地说道，"这么说，我们把它们打败了？"

让她惊讶的是，她发现自己这句友好的话完全是有去无回。这家伙已经不知去向了。凭着偶尔一声刺耳的声音，琼西小姐知道，它又一次藏到装引火木柴的柜子里去了。她没有去打扰它。

直到第二天吃茶点的时间，萨姆才又重新出现。它料理了伤口后，脸对着火坐着，像狗一样呆滞忧郁，也不出声。随后的几天里，它都待在家里，没有出门。第三天晚上，她又听见灌木丛传来凄凉的哀嚎声和叫春的声音。这又使得琼西小姐焦虑不安起来，尽管萨姆一动不动地坐在火边。它的耳朵抽动，毛发直立，打喷嚏，吐口水，但还是待在原地不动。

当加林斯先生再次来访的时候，萨姆立即藏在地下煤窖里，渐渐地，它对琼西小姐的态度恢复了以往的温和。在月圆之后的两周内，他们两个几乎恢复到过去的友好伙伴关系。萨姆恢复了健康，皮毛又有了光泽，变得自信而守时，也没有其他猫来入侵。夜晚的怪叫声也停止了。普斯特屋就跟英国其他所有的单家独户的房屋一样平和、宁静，除了它那奇特的丑陋之外。

但是，哎呀，随着新月的第一次出现，萨姆的情绪和习惯又开始改变了。它带着狡黠而鬼祟的目光走来走去。当它嘴里发着咕噜咕噜的声音在女主人面前摇尾乞怜、阿谀奉承的时候，它整个就是一副骗子的模样。如果琼西小姐碰巧走进它坐着的房间，它会马上从窗台上跳下来，仿佛以此证明，它并没有朝窗外看。有一次，接近傍晚的时候，琼西小姐来到客厅门口，门半开着，她朝里面瞧了一眼，看到萨姆坐在曾经属于她虔诚的姑妈米兰达的祈祷椅的椅背上。毫无疑问，它正在用前爪起劲地向外面的某个观察者发信号。琼西小姐感到一阵恶心，转身走开了。

从那时起，萨姆越来越藐视女主人，公开地傲慢无礼，大胆鲁莽到令人震惊的程度。加林斯先生给她提了一个小小的建议："小姐，如果我有一只行为举止像这样的猫，在你施行了你所有的仁慈之后它仍不悔改，我倒宁愿把它拿去送人。"

"送给谁？"可怜的琼西小姐问道。

"这个嘛，"加林斯先生说道，"我想我不会在乎送给谁。俗话说'乞丐没有选择的权利'，小姐。"

"它在村子里好像没有朋友。"琼西小姐尽量压低声音说道。

"当它们长得一样黑，眼睛一样的又圆又大时，你就区分不出来，"加林斯先生说道，"霍吉斯巴腾有个女人，她有一只猫，也许跟萨姆是双胞胎。"

"不行，它身上长着疥癣。"琼西小姐说道，忠于事实。加林斯先生耸耸肩，爬上马车离开了。琼西小姐回到屋里，把那盘银色小鲱鱼放在桌上，然后坐下，眼泪夺眶而出。

第二天早晨——也就是说，离下一次满月潮还有整整五天，她收到她堂兄的妻子从威特岛的仙克林写来的一封信，邀请她去度假。从各方面来说，这在当时都是一件幸事。

"亲爱的艾玛：你住在那幢远离所有邻居的房子里，有时候一定觉得很孤单。我们常常想起你，特别是最近几天。有萨姆陪伴是件愉快的事，但是正如乔治所说，宠物毕竟只是宠物。我们都认为，你应该来和我们一起度过一个小小的假期。此刻我正望着窗外，大海像水池一样平静，呈现出一片庄严美丽的蓝色，张着棕色船帆的渔船正在驶进港口。这是我们一年中最好的时节，因为旅游季节就要结束了，那些讨厌的游客也减少了，没有拥挤的人群。乔治说你一定得来，我们将到车站来接你。我们都盼望着几天之后见到你。艾米现在已经不咳嗽了，只是还有点'呼呼'的，但从不感到恶心。爱你的，格楚德·琼西。"

面对如此善意，又由于自己的焦虑，琼西小姐几乎控制不住自己的感情。一两个小时后，肉贩驾着马车赶路时，将她的一封

电报带回了村里。星期一，她收拾好行李箱，只剩下将萨姆装进篮子，准备一道启程。但我得说，年老的保护人要想完成这个任务，光靠说服是不够的。事实上，加林斯先生不得不用戴上手套的双手使劲抓住这个家伙往下按，而琼西小姐盖上盖子并往下压，还插进一根串肉杆使其固定。最后搬运工说，"我劝你最好还是一劳永逸地解决问题。记住我的话，小姐。"琼西小姐从大皮夹里拿出一先令递给加林斯先生，但没答话。

所有这些麻烦最后证明都白费了。在离哈格斯登三十英里远的布莱克莫尔车站，琼西小姐不得不换火

132

车。她的行李箱和装萨姆的篮子一起放在站台上，琼西小姐去询问站长，以便弄清该在哪个站台上车。

行李箱旁边有其他乘客的几只家禽。这些惊恐的家禽发出喧闹的咯咯叫声，叫声使得她匆忙回到自己的行李箱边，却发现萨姆已经设法用爪子或别的什么办法把串肉杆推掉，顶开柳条盖子——篮子空空如也。实际上，旁边一只可怜的老母鸡已经奄奄一息，它的生命正远离它无助的身躯。这不仅证明了萨姆的实力，也证明了它的无情和残忍。

几天以后，琼西小姐坐在堂兄家里，俯瞰着英吉利海峡平静的海面，太阳温柔地在空中照耀着。这时，有人送来加林斯先生写的一封信。信是用铅笔写的，写在一个面包袋的背面。

"亲爱的小姐：我冒昧给您写信，谈谈那个动物的事。我帮助装猫的那个篮子，铁路部门送回来了，空的。我星期天晚上从哈格斯登驾马车把篮子送回去。我看见它蹲在客厅窗台上，看着我，这让我血管里的血都凝固了。还有那个吼叫声和抓挠声，我在基督教地区永远都不想再听到。从霍吉斯巴腾来的那个老太婆坐在走廊上，我自己认为这地方不好。这里的动物都中了邪。肉贩弗林特先生同意我的看法，现在只有最后的措施才有用。我以前说过，考虑到这幢房子在哈格斯登这一带名声不好，如果价格

低、合适，我愿意租下这房子。亲爱的小姐，我等候您的答复。谢谢。您的诚实的，威廉·加林斯。"

表面上看，你可能会认为琼西小姐是个意志坚强的女人。你可能会认为信里粗鲁地提到她家房子名声不好会伤害她的感情。不管怎样，她既没有把这封信拿给她的堂嫂看，也一连很多天没有打算回信。她坐在空地上，瞭望着大海，在温暖、芳香、略带咸味的空气中沉思。这是一个令人苦恼的问题。"不，必须让它走自己的路，"最后她自言自语地叹息道，"我已经为它尽力了。"

琼西小姐再也没有回到普斯特屋。她最后把房子连同花园以极低的价格卖给了搬运工加林斯先生。萨姆从此就消失了，再也没人看见过它。它走了自己的路。

琼西小姐并没忘记它。每当海鸥的翅膀在她头顶上空发出轻微的"呼呼"声，或者为娱乐游客而放的升天火箭的爆破声打破大海上空的宁静，甚至每当她去教堂时意识到礼拜天穿的波纹丝绸长袍发出的"沙沙"声，都会让她想起普斯特屋的旧卧室，会再次看到那个古怪的动物坐在她床上，会看到它用后腿直立的时候好像用两只前爪在织毛衣。

三姐妹的故事

　　从前有三姐妹，也就是曼克兰克瑞家的小姐们。她们住在一栋很大的白色方形房子里，人们称它为斯通利宅子。三姐妹的名字分别是尤飞梅、坦比莎和金·艾佩丝。斯通利宅子是曼克兰克瑞小姐们的祖父曼克兰克瑞·安格斯先生所修建的，小的时候他穷得几乎身无分文，后来发财了，成了苏格兰最大的麻袋生产商。他也生产麻绳，用来拴包裹。那时他见什么赚钱就做什么。但到了六十六岁时，他想过一种绅士般的生活，希望回到乡下，有大花园可以散散步，躺在床上就能见到鲜花，菜园架子上结着黄瓜，也养养猪，有一两头奶牛可以挤奶喝，还有奶酪和黄油。

　　因此他把工厂里那些巨大而熏人的车间和仓库都卖了，麻绳、麻布、大麻、黄麻和鲸须制品也全部处理了，一共卖了

135

80,000英镑。就是用这80,000英镑，他修建了斯通利宅子，买了一些上好的家具、马和马车，剩余的钱买了一些其他东西。

金·艾佩丝在学数数时，有时听到爸爸妈妈谈论祖父和他的财产，听到他是如何用这笔钱财投资的。于是她就在本子上写下这些数字，好让她的家庭女教师杰普高兴一下：

$$£80,000 \times 4 \div 100 = £3,200$$

她第一次这么开心地得出这样一个算式，于是就让父亲看。曼克兰克瑞先生是一位富人，他很后悔把厂子卖给了那个人，之后那个厂再也生产不出以前那么好的麻袋和麻绳了。他八十岁时过世了，钱财就留给了儿子——罗伯特·邓肯·戴维，即金·艾佩丝的父亲。之后他和他的爱妻尤飞梅·坦比萨也相继离世，留给了他们三个女儿80,000英镑的遗产。

随着金·艾佩丝逐渐长大，可以和家人一起在餐厅里共进早餐了，她常常会坐在悬挂有祖父、父亲和母亲肖像的对面。祖父的画像挂在中间，他身板结实，相貌堂堂，留着络腮胡须，右手的拇指和食指拿着一根阿尔伯特牌表链，画家画得非常细腻，一眼就能看出是18K的黄金打造的。

祖父给人的感觉像是要看表上的时间一样，金·艾佩丝认为手表上的时间多半会是12点差一刻，但她说不出为什么会那样，虽然她知道自己为什么每次都要数吃了多少勺稀饭，而且数到最后一勺时如果是单数会让她非常开心。

画像中的父亲没有祖父那般结实和相貌堂堂，肤色较黑，面带微笑，没有留胡子。金·艾佩丝非常喜欢父亲。每次吃完稀饭，她都会向父亲挥挥勺子，好像父亲看到她的空盘子就会很高兴似的。

祖父画像的另一侧挂着母亲的画像。这幅像的奇怪之处在于——母亲好像从画中直面而来，犹如笼中的小猴奔向丛林一般。金·艾佩丝七岁时就注意到了这一点，而她的两个姐姐却从未在意。

三姐妹都知道自己远不如母亲，可她们不以为然。对于金·艾佩丝，其他两姐妹认为她好像不属于这个家庭一样。尤飞梅不止一次说金·艾佩丝"毫无尊严感"，坦比莎觉得金·艾佩丝就是"家里的一个包袱"。直到现在，她们还把她当小孩子看待，虽然她只比她们小五岁。

不过从外貌来看她们的差别太大了！坦比莎脸色苍白犹如独角兽，有鼠毛一般的头发颜色，灰绿的眼珠，而金·艾佩丝头发

137

乌黑，面颊红晕，鼻尖上翘。坦比莎的脸色几无变化，而金·艾佩丝的脸色却像春天清晨熠熠发光波动着的池水。有时啊，她看上去比她两个姐姐要大上一百岁，有时呢好像又是年少不懂事的样子。

金·艾佩丝不喜欢"高人一等"，她长着樱桃小嘴，总是迫不及待地拍手以免别人说话超过自己。而两个姐姐除了吃饭外，很少听到她们说话，也很难说她们有多聪明或拥有多少渊博的知识，她们从不唱歌。不过，在斯通利宅子里，时间是从不会被浪费掉的，也没有人因为节约而"富有"。

环顾一下斯通利宅子，一切都井然有序。四堵高高的白色围墙好似坚固的边界，连树也不敢把影子投在上面，更没有人敢翻越。宅子里边大的家具都是当年曼克兰克瑞先生买的，还有尤飞梅的丝绸、坦比莎的水彩，一切摆放在它应在的位置。只有金·艾佩丝的房间是个例外。她从未学会整齐摆放东西，拿了东西出来，往往会忘了放回原处，或者放错地方。有时书不见了，许久都找不到，于是她就笑着对自己说："哦，在那边！一定是露西藏起来了！"

露西是谁啊？这可能是最难回答的一个问题了。金·艾佩丝也从未想去寻求答案。这个问题她连自己也没有问过！她讨厌伤害别人感情的那种想法。

那天一大早，男管家像往常一样，递上一个很大的白色信封，这像是一封犹如毒药的致命信件。尤飞梅看了以后，霎时呆若木鸡。

这是一封来自律师，或者具体说是四个律师签名寄来的信件。信中告知她们今后的财产状况将大不如从前，说她们要破产了。

她们的祖父当年修完房子后借了80,000英镑给英国政府，政府把钱投入到了统一基金，每年支付她们利息。这笔钱非常稳定，而且数额巨大。

然而三姐妹的父亲，不但不如当年的祖父，而且对金钱方面也很不谨慎。他喜欢买礼物送人，所以逐渐从政府手中索回了钱。他花掉了其中的大部分，剩下的钱借给别人修铁路、做天然气工程、开金矿等，很多钱已经无法再要回来了。现在最糟糕的事情终于来了，律师告诉三姐妹，她们祖父留下的积蓄花光了。虽然她们已经习惯于逐渐走向没落，但转眼之间便一无所有还是很突然的。

尤飞梅看了信之后脸色苍白，颤抖着把眼镜取下来，把信递给了坦比莎。坦比莎没有戴眼镜，飞快看完信后，脸色涨红着说

道："完了，尤飞梅。"

金·艾佩丝吃着厨师做的烤面包，听到姐姐们的声音，看到了那封信，便问："出了什么事啊？"

"你还问呢！"难以相信这声音是从尤飞梅口中发出的。金·艾佩丝飞快想起了昨晚做的梦："尤飞梅，昨晚我做了一个梦，到处都一片黑，好可怕。露西从石头窗子往外对我说……"

坦比莎打断了她："我们都不想听露西的故事。今早我们得到了很糟的消息，和我们都相关，我们今后再也不会有轻松的日子了。"其实金·艾佩丝并不是为了让自己轻松，她只是想让两个姐姐从今早邮差带来的坏消息中摆脱出来，这个时候想起来真是一个愚蠢的错误。如果是平时她们两个都要嘲笑她"长不大"。

实际上既没有也不可能有真正的露西，金·艾佩丝只是想安慰一下可怜的尤飞梅。

那是一个寒冷而明净的春天的早晨。远处的树尖正冒出新芽，园丁在修剪枝条，为夏天的到来做准备。她们还从未见过有比这更好的花园呢。

天空中的光线洒落在这栋房子上，白墙上每扇窗户好像都在轻蔑地看着金·艾佩丝。她往廊柱下挪了挪，至少它们就看不到她了。金·艾佩丝坐了下来，双手交叉放在腿上，目视前方。遇到麻烦时她一般都这样坐，然而想要打起精神却做不到。此时她想起了那个近在咫尺的露西，她好想对她说点什么呀。

露西是一个名字，然而好像又不止是一个名字。金·艾佩丝七岁时没人和她玩，坦比莎比她大五岁，却至少比她聪明敏锐成

熟五十五倍！那时金·艾佩丝心中就想到了露西。

那时她会坐在廊柱上边的花坛上，也会为露西找一个花坛让

她坐下。她们会相互交流，有时她还会试图拉着露西的手睡觉。

真正奇怪的是，她装作和露西在一起的时间越少，露西就会越频繁地出现在她的生活中。

还有一件离奇的事情——露西总是在毫无征兆的情况下出现。当有一些神秘的事情来临，当出现一些突发情况，或一些令人难过的事情出现时，露西就来了。

金·艾佩丝经常想起露西。很多年前，在她八岁生日那天早上，她坐在角落处的大茶几边，背对着婴儿室，坦比莎从婴儿室后面过来，偷听到了她和一个人在说话。

"哈哈，你在和谁说话？"坦比莎问道。

"没有人。"金·艾佩丝一下全身缩紧了。

"没有人，是吧？那你告诉我，这个没有人的姓名！"

"她的名字是露西，对吧？"坦比莎说道，"这个可恶的老古板。今后我要在任何地方遇到她，我就把她的眼睛挖出来！"

过了一会儿，坦比莎下楼找父亲去了。

"爸爸，金·艾佩丝一定生病了。她在那儿说胡话。给她吃点格列高利泻剂和蓖麻油吧？"

当时，曼克兰克瑞先生正为一封金矿的信而烦恼不已，听到这儿他马上把信放进了抽屉，然后顺着梯子爬上了婴儿室。

金·艾佩丝趴在父亲膝上哭了一会儿。他微笑着告诉她关于露西的故事，然后把指头伸进腰包，拿出一个好像早就准备好的小金盒。他要金·艾佩丝把小金盒送给露西："亲爱的，露西也属于我，我还从没和她说过话呢。"

一年又一年过去了，现在金·艾佩丝已经完全长大了。她一想起那些遥远的日子，就开始发呆。而她开始发呆时，露西就会活生生地出现。她仿佛已迷失其中了，但掉落在脸上的雨滴又让她回到了现实。天空中出现了乌云，她头脑里开始明白了尤飞梅接到的那封信真正预示着什么。

那天午饭时，当管家给每个人上好饭退出去以后，尤飞梅详细地跟金·艾佩丝说了律师信件的内容。信很长，金·艾佩丝不是很明白每个细节，但有一点她很清楚。尤飞梅的最后一句话：

"你明白吧，艾佩丝，我们——破产了！"

"是不是，尤飞梅，我们将不得不离开斯通利宅子了？"

"那意思是，"尤飞梅不无心酸地说道，"斯通利宅子说不定会离开我们了！"

"这种情况下我们都无能为力了。"尤飞梅补充道。

"真的是一种耻辱。"坦比莎说，"我们不得不走了，就像逃兵一样。我们会成为别人的谈资，沦为这个郡的笑柄。"

"什么啊！破产了就嘲笑我们？"金·艾佩丝尖叫道。

这一次坦比莎没有理会她。"这是我们崇高的祖父为我们修建的房子。我死也要死在这里，除非那些吸血鬼们把我撵走。"

坦比莎在桌子上站了起来，几番尝试后终于把祖父的画像翻转过去对着墙了。

一个月以后，几乎所有的仆人们，包括管家，园丁都离开了这座宅子。奥普朗普夫人单独留了下来——首先她比较矮胖，不太适应新的环境，还有，她也不在意工资的多少。汤姆·派佩也留了下来，他的母亲住在村子里，他要在屋里睡觉。他很懒。

从这一刻起，金·艾佩丝比以前开心多了。整个斯通利宅子现在显得空荡荡的，马车房可能是最空荡的地方了。金·艾佩丝比以前活泼了很多，尽管她不想表现出来，但确实比从前快乐了不知多少倍。

有时她会踩着椅子去看看墙上挂着的画像，虽然画像上已结满了蜘蛛网。奥普朗普夫人专门做饭，她长时间坐在厨房里的椅子上，几乎成了这个屋子里最笨重的一样"家具"。其他事情都落到金·艾佩丝的身上。她像奴隶一样从早干到晚，为了干得快乐点儿，她学着吹口哨。金·艾佩丝不喜欢奴隶，不是因为那些人是奴隶，而是因为尤飞梅和坦比莎总认为不应该和奴隶说话。

现在她也不再是那种乱七八糟的模样了，再不像以前那样了。屋子里也不可能再像以前那样弄得乱糟糟的了，一共只有一张桌子、三把椅子。陪伴她的不是那些以前的同伴，而是老鼠和秋天的蜂王。她会去以前从未到过的屋子里走动走动，也会从窗子那里看看以前从未看过的景色。有时她还是会发一下呆，不过时间极短。

屋子的外面，风和鸟儿从野外带了些种子过来，两个夏天过后就长满了各种野花。窗户下有野兔在享用它们的早晚餐，有松鼠在那里采摘着坚果，小老鼠蹦跳着跑来跑去，好像很开心。还有数不清的鸟儿。太不可思议了，她是如此开心，乐不可支，在姐姐们面前都会有点不好意思呢。

姐姐坦比莎和尤飞梅——最初看起来是多么无所畏惧——已经像秋天被霜打过的花儿，弯了下去。她们把自己封闭起来，就像鸟笼中的鸟儿一样。从窗子那里几乎看不到她们的身影。只有星期天她们才会出来。尤飞梅经常躺在床上。金·艾佩丝看到坦比莎毫无胃口地抿着稀饭，好像嚼着的是基督教徒最难吃的饭，简直心如刀绞。但金·艾佩丝从不敢去安慰她，让她振作起来。

这种状况下如果让露西来陪自己的话就显得太不公平了。

她会等待时机，有的是时间。尽管这样，露西却像一个真正的精灵，无处不在。有时从窗口望去，她那张温柔的脸仿佛就在那里微笑着呢。

多年过去了，三姐妹越来越老了，斯通利宅子也变得越来越陈旧。墙、栅栏、马厩、鸡圈、猪圈都慢慢变成废墟了。三姐妹吃饭时也几乎沉默不语。

后来尤飞梅真的病倒了，这让金·艾佩丝的生活完全乱了套，她再也没有时间倚靠一会儿窗子或躺在床上看书。尤飞梅的卧室在三楼，金·艾佩丝每天爬着长长的楼梯，累得苦不堪言。坦比莎就坐在窗子边做编织活儿——把那些烂了的披肩和袜子重新织一遍，其他什么也做不了。

金·艾佩丝很少能够睡觉。她坐在尤飞梅房间里的椅子上，偶尔打个盹，就像饥饿的狗偶尔抢到屠夫的一小块肉一样。

透过窗户，天开始亮了。这天，尤飞梅在床上坐起——几个星期以来她都没法做到的一件事。她问金·艾佩丝站在床头的那个小孩是谁。

尤飞梅说："是一个直发的漂亮小孩，手上拿着一朵盛开的金雀花。我能闻到花香的味道。她先看着我并一直对我笑，然后又转向你啦。"

"难道你没有看到吗，艾佩丝？叫她走开。那样子让我好害怕。叫她马上走开呀！"

金·艾佩丝哆嗦着，冷得赛过冬天壳里的蜗牛。那小孩一定是露西，却没有看见她。她怎么能让露西离开呢？

她匆忙走到尤飞梅身边，牵着她的手。"你在做梦吧，尤飞梅。我可什么也没有看见啊。那么好的一个梦，为什么要赶走她呢？"

"不对，"尤飞梅用一种奇怪的、低沉而清楚的声音说道，"那不是梦。你在骗我，艾佩丝，把她赶走！"

"请你，请你不要再去想了。根本没有什么可怕的。怎么听起来有点像露西——那个愚弄人的故事。你还记得？我都好久没见过她了。你还在生病，我怎么可能去见她呢。"

尤飞梅眼睑轻轻地闭上了，但还紧紧抓住金·艾佩丝那双劳作之后粗糙的手。"不要紧的，"尤飞梅小声说道，"如果就那些的话。我愿意你把她留下来，艾佩丝。挨我紧点。最要紧的是，我们，我们比以前更快乐了！"

"哦，尤飞梅，你真的那样想吗？"金·艾佩丝更加靠近地看着她。

"是啊，"尤飞梅说道，"这里有那么多的空气——一个不

同的地方了。我希望你的朋友想来就来，这儿有的是地方！"

说完这些，她又缩回到枕头上，仿佛睡着了。

后来的一天早晨，"亲爱的，"尤飞梅突然说道，好像刚刚说了很多话似的，"我想要和露西一起回家。"

"尤飞梅，请不要说这些。"金·艾佩丝轻声安慰道。

老朋友中没人知道尤飞梅是什么时候去世的，只有门泽斯医生和他的妹妹来参加了葬礼。虽然金·艾佩丝认为她可以把宅子里的事情都做好，也能照看好坦比莎，然而他们劝说她那是不可能的。于是在一个炽热的早晨，金·艾佩丝送了一份小礼物给汤姆，然后趴在奥普朗普的肩上哭了一阵，之后和坦比莎上了一辆马车，那天晚上，她们到了离斯通利宅子几百英里外的一个地方。

金·艾佩丝从没有想过生活竟然是如此多变，好像被连根拔起了似的。坦比莎有时也会到金·艾佩丝的房间里，久久地坐在窗子边，凝视着海边方形石头砌成的港口，不过这种时刻很少。

时光年复一年地过去了。最后，金·艾佩丝终于忍不住

了——就像那神话中的小猫一样——她要走一趟，而且必须一个人去……

一个秋天的下午，五点钟左右，一个修长的身影降临在废弃花园的草地上，金·艾佩丝回到斯通利宅子了。她站在荒废的墙边，旁边是干涸的水池，以前池里曾有浅浅的流水。当然喷泉早已不再有水了。这栋大房子的窗子不再是醒目的样子，而是污浊不堪，里面空空如也。

金·艾佩丝佝偻着腰，站在那儿，吮吸着这寂静的场景，就像干透的海绵吸取着海水一样。站了一会儿，她决定再进去一点儿看看。穿过花园里那些野草，穿过廊柱，然后透过昏暗的窗户，她看到饭厅的墙上已经空无一物。祖父的画像面朝上已经掉落在地上，那一定是因为挂画像的绳子逐渐腐朽了。

她心里一阵难过，想进去把祖父的画像重新挂起来。然而门锁已经锈死了，那扇低矮的窗子也被关死了。天开始慢慢暗了下来，她又回到了那冰凉而污浊不堪的水池边。此刻已经八十岁的金·艾佩丝孤单单地独自一人，过去的生活好像完全消失了，就像做梦一样，只留下她的身影奇幻般地消失在夜色之中……

小·矮人的谎言

从前，在一座破败城堡的外面，有一间茅屋，里边住着一位老太婆和她的孙女——格丽丝尔德。茅屋是用散落在地的城堡石头砌成的，祖孙俩孤零零地住在那里，之前她们是一大户人家，现在就只有她们俩了。她们家以前可不是这样，那时的她们家是一个农场主家庭，周围好大一片田地全是她们家的，有农田，牧场，还有荒野，甚至沼泽地也是她们的，这些东西一直延伸到悬崖边上和海边。

现在这一切再也没有了。格丽丝尔德和她的祖母几乎一无所有，只有茅屋还可以为她们遮点风雨，还有一个长长的园子，在城堡围墙的下边。春天的时候园子里边的苹果树、樱桃树还有李子树花儿开个不停；好多鸟儿也找到这里，把这片空寂的山谷作为它们的家；远处海浪拍打海岸的声音不绝于耳。

　　祖母照看着这片园子，格丽丝尔德和祖母一道在田地里忙个不停。白天干完活后，格丽丝尔德就累得不行了，她躺在床上，还没来得及想事情，就呼呼入睡了，牛脂蜡烛的烛芯都还在燃个不停。谁都不明白她为什么那么快乐，还有她那天生的好脾气，连她自己也说不清到底怎么回事。她长得就像一条美人鱼，美丽的脸蛋上既显得很温顺又让人觉得很肃穆，她喜欢面对大海、倾听大海的声音，也许这样塑造了她美丽的容貌吧。

　　一有空闲，格丽丝尔德就会沿着破烂的长满杂草的台阶爬到城堡塔楼的顶上去，眺望那远处绿色的悬崖和一望无垠的蓝色大海。她坐在那里，显得十分娇小。当海风从海面吹过来，她就会看海滩上有没有漂流木吹过来——这是所见到的唯一的人类物品——由风吹送而来。海鸟在她身边尖叫，来自大西洋的巨浪雷鸣般震撼着大地。在寂静的夜晚，当风暴离岸而去，在大洋深处肆虐的时候，近处的海滨便被那涌浪所卷起的海水所吞噬了，发出低沉如钟鸣一般的声音，这声音犹如来自潜藏在海底深处的钟塔，永不停息。

　　除了格丽丝尔德外，没有其他人到那儿去听海的声音。即便最近的村子也很少有人到那海边去，晚上就更没有人去过了。总的来说，都因这座城堡是外人禁入之地，而且据说有一个非常怪异的群落住在这里。宁静的夏天晚上，会有一群神秘的舞者，在黄昏的薄暮和月光之下，在沙滩边浅绿色的草地上随兴起舞。牛舌草、宝血草那时也长得正好，海鸥也都飞到这里，它们一边在不停呢喃低语，一边在薄暮中不停用嘴梳理着自己的翅膀。

格丽丝尔德也经常听到这样的传说。但是自她记事以来她就住在这城堡的墙角下，一个人长期独自在这废弃的城堡里玩耍，听到有这回事，她其实是蛮高兴的。有什么值得害怕的呢？她渴望见到那些舞者，就一直不停地暗中观察。当圆圆的月亮出现在夜空中，她就会从祖母的茅屋里溜出来，来到海边的沙地上，一个人在皎洁的月光下翩翩起舞。有时候她也会坐在满眼绿色的悬崖边上，胡思乱想。她喜欢听海水拍打礁石和岩洞的声音，觉得那种声音简直妙不可言。

上午或是黄昏时分，在阳光洒落的家门口，她会坐在那儿，要么补些衣服，要么把土豆拿出来削皮，要不剥一些豌豆，要不就把生锈的铜壶拿出来擦干净，做这些事情的时候，她总觉得身边好像有人在注视着她。然后她就会把头埋低点，去看手上的针线或脚下的盆子，假装什么也没注意到。就像你能够听到那些黑暗之处难以见到的鸟儿鸣叫一样，格丽丝尔德也感觉到了：有人在注视着她！除了她的眼睛所见、耳朵所听、手能所及以外，她

的直觉告诉她是这样的。

偶尔的，当她用低垂的目光左撇右瞧的时候，她真的看到有飞速掠过一种东西，看得不是很清楚，但是肯定有。它可能藏在树丛中，也有可能通过石头墙上被常春藤所遮蔽的窟窿正在窥视着她。

格丽丝尔德没有被这些吓着——风从锁眼吹过发出的声音，夜晚天空飞过天鹅的鸣叫和这有什么两样呢。他们是她生命中的一部分，如同那些稀有的鸟儿和甲虫，飞蛾和蝴蝶都是大自然之子一样。不管这些虚无缥缈的东西到底是什么，她相信他们不会伤害她。冬去春来，虽然格丽丝尔德和祖母一道为了填饱肚子终日忙于劳作，日子却也过得很快乐。然而有一天，祖母病倒了。早上她从窄窄的台阶上下来的时候摔倒了，摔在了台阶下面，看起来就像一堆旧衣服一样，了无生气。格丽丝尔德当时出去了，当她拿着漂流木回来的时候，祖母已经摔倒在地了。

祖母已经老了，可以说是弱不禁风了，格丽丝尔德知道如果不细心照料好祖母，她的情况会变得更糟，甚至会死去。一想到这，她就不寒而栗。"哦，奶奶，奶奶！"她一边忙着手中的活，一边不停地抽泣，"我愿意做任何事——这世上无论哪种事情——只要您答应我你不要离开我！"不过很快格丽丝尔德就恢复了镇定，那神情连祖母也根本想不到自己的病有那么严重，也让她觉得格丽丝尔德不再那么年少不懂事了，她也不知道格丽丝尔德当时几乎是快要绝望了。

她再也没有时间来洗脸梳头了，吃饭睡觉也忙不过来。她很少能够有坐下来吃饭的时间，即使有，也是片刻之间狼吞虎咽。现在的她是劳累得不行，简直连爬阶梯的脚都快要拖不动了。少女脸上的光彩不断地褪去，只有满脸的憔悴和倦容。

不过，她还是拼命地干活，还是边干活边唱她的歌，看不到一点点的痛苦。就算再累，再饿，再着急，她都不会让祖母看出来。老人痛苦无助地躺在床上，自己已经无能为力了。格丽丝尔德只有一个人默默承担起这一切，但是情况变得越来越糟糕。

有一天晚上，天气热得让人窒息，窗前的闪电和远处海上传来的雷鸣，让她整夜都没睡好觉，神情恍惚。第二天一大早，她发现饿慌了的老鼠把茶几上仅有的燕麦粥偷吃了一半多，那还是她昨天留下来的。小瓦罐里的牛奶已经酸臭了，格丽丝尔德几乎快要瘫倒了，她坐在台阶上忍不住哭了起来。

这是五月之初，深蓝色的海水在岸边的礁石上翻滚，浪花朵朵，泛着白光。太阳从东边升起来，火辣辣的，周围的树木才长出新叶，枝繁叶茂，雨后的树林空气清新，一片鸟语花香的景象。

很快格丽丝尔德停下了哭声——脸上还有几滴泪痕呢——

两手托着下巴，看着外边鲜绿的青草，两眼无神地追随着三只蝴蝶。它们在宁静的空气里上下翻飞，相互追逐，时而滑到一边，时而翩翩起舞，忽然来个俯冲，一下又腾空而起。在古堡的残墙上边，它们忽然之间没入炫目的蓝天中，再也看不到了。

格丽丝尔德叹了一口气，蝴蝶好像也在捉弄她。叹息之后，她竟觉得全身无力了。于是她又深深地吸了一口气，突然却大气也不出了——她意识到，有什么东西又在暗中看着她，不过这次她知道那是什么东西了。就十来步远吧，在盘旋着通往古堡塔楼的石阶尽头，石阶早已是破败不堪了，好像有一个弓腰驼背的老人站在那里，他形容枯槁，更像是一个侏儒。

这个人个子和五岁孩子一般高：尖尖的耳朵，窄窄的肩膀，背上顶着一个很高的"驼峰"，穿着由斜纹棉布拼缝起来的衣服，站在那里一动不动，就像生了根的石头——他那双棉布帽下明亮而无色的眼睛紧紧地盯着她，好像她是从地下冒出来似的。对格丽丝尔德来说，这个人也像天外来客一般。

格丽丝尔德闭目凝思，以为自己出现了幻觉，然后再次睁开眼睛。这一下小矮人已经沿着草坪急急地绕了过来，到了几步之外的地方，他又停了下来。他那双亮闪闪的小眼睛停留在格丽丝尔德的脸上，用一种刺耳难听的声音问她为什么要哭泣，明亮

156

的眼睛嵌在干枯的脸颊上，显得深不可测。格丽丝尔德没有想到这世上还有人可以活到这么老。

那些盘根错节的、被狂风肆虐的山楂树、胭脂栎在海边的荒野上到处生长，几百年来它们生长在黄色的荆豆和海草丛中。这个小矮人看起来甚至比这些树木还要老。她说她哭不为别的，就是老鼠把她的燕麦粥偷吃了，早餐的牛奶也变酸了，还有就是她不知道接下来该怎么办了。他又问她需要做些什么，她把自己的困境告诉了这个小矮人。

小矮人一下皱起眉头，好像在绞尽脑汁思考什么，他又回过头去看看他刚才出来时的塔楼。接着他似乎做出了什么决定，又向格丽丝尔德挪近了一两步，问她，如果，他为她干九天活她愿意给多少报酬。"三天，三天，再三天，"他说，"给多少钱？"

格丽丝尔德差点儿笑出来了。她对他说，不要说给他干活的报酬，屋子里现在连早饭都没有了。"如果你不在意的话，那里还有一两个昨天晚饭剩下的冷土豆。"

"哦，不，不，"小矮人说道，"不给钱我可不干，吃的东西我自己会找。听我把话说清楚，如果这九天里你每天给我一个便士，我就会在这儿从早到晚为你干活。你呢就可以到农场和田里去做你自己的事情。可是每天一便士，一点儿都不能少；每天

傍晚太阳落山前必须把钱给我；里边那位老太婆不能和我见面，也不要让她知道我来过。"

格丽丝尔德坐在那里，看着他——装着一副很轻松的样子。可她却从来没见过这般模样的人。虽然他的脸干瘪得像冬天里的苹果，不过他和常人好像没有两样。看起来他和身边的石头一样年代久远，可事实上他还没长在石头边的那些金鱼草大呢。透过他的眼神就好像穿过锈迹斑斑的钥匙孔看到的一间长长的空屋子那样。她希望他马上消失掉，或是变成一朵盛开的蓟，要不就是一堆石头也好——反正只要是别的什么东西就好。

其实很久以前，格丽丝尔德就在沼泽地或海边见过这些东西，当她想再看时，他们已消失得无影无踪；而当她靠近一点儿时，结果却是一片荆豆林，或是一团挂在刺上的羊毛而已。这些陌生人就是这样干的。对于小矮人，她还是有点害怕，和他在一起她感到不自在，一副不知所措的样子。

但她还是继续面带微笑，对他说虽然她不能承诺每天付他一便士，但她会尽最大努力去挣，现在她什么都没有了。她决心马上出发到海边悬崖处的一家农场去，那里应该能找到工作。如果小矮人愿意等哪怕一天，她都会在回家之前让农场主付她工资。

"我会把一便士付给你的。"她说道。

穿着斜纹棉布的小矮人还在眨着眼睛。"行,"他说道,"现在就去,太阳落山前回来。"

但格丽丝尔德先让祖母喝了一碗水——稀饭,这用完了家里所有的粮食。她把饭端到祖母那里,旁边放着插有苹果花的陶罐,这样味道要好吃一点儿。想到她已经答应了他,且确信他没有伤害之意,她便没有对祖母说起关于小矮人的事。整理好房间,折好床上的被褥,放好水以便祖母洗漱,拍打好枕头,然后在肩上披了一件披巾,尽量让祖母轻松下来,然后她离开了家,答应祖母尽快回家。

"答应我,奶奶,"她说,"无论发生什么情况,你都不要从床上起来。"

幸运的是,海边悬崖处农夫的妻子那天早上正在做黄油。农夫对格丽丝尔德相当熟悉,当她帮他的妻子——也是挤奶场女工完成搅拌任务后,他不但为她的辛苦给了她两便士,还拿了第三个给她,"这一便士,"他说道,"是为你的金发,亲爱的,它们完全配得上国王!你说呢,思蒙?"他对他的儿子思蒙说道,他刚刚牵着牛犊回来。思蒙的脸红红的,比他父亲要丑得多(然而脸色非常愉悦),他抬头看着格丽丝尔德,但那金色或许太过炫目,以致他转过头去,一言不发。

　　这时农夫的妻子进来又匆忙出去了。她不但拿了一罐新鲜牛奶、几个鸡蛋让格丽丝尔德带回去给她祖母，还给了她本人一些多脂的蛋糕和一坛蜂蜜。格丽丝尔德感到无比的快乐，她匆忙赶回家去了。

　　回家的路上一棵柳树的下面有一个养鸭池，走到那儿的时候，格丽丝尔德想起了农夫所说的话，她停了下来，弯下腰去，看着泥塘里的自己。头上是一片耀眼的蓝天；池子的面上泛起平缓的油一样的涟漪，那都是鸭子不停用嘴梳理自己羽毛或一路叽叽喳喳游过时引起的，格丽丝尔德看不太清楚水中的自己，即使她有一头金发但她从倒影中也不敢确信。她站起身，不禁笑了起来，向鸭子挥挥手，慢慢离开了。

手里拿着罐子，她走进了高高的金鱼草丛生的大门，又回家了。真是奇迹啊。厨房就像新的大头针那样整洁。桌子被擦得锃亮；火钩发出银子一般的光芒；碗柜上的陶器仿佛才新刷过漆；窗台上一棕色盆里的桂竹香开得正艳；甚至多年未走的黄铜钟摆的时钟，亮闪得如日中天，不停地摆动着好似要弥补它失去的时间。

灶台的旁边放着一堆破烂的浮木，炉格里火苗烧得正旺，砖灶上面的锅里煮着一条鱼，旧水壶挂在铁钩上，开着的水就像在唱歌。一个大的平底锅，装满着剥了皮的土豆，位于炉膛的上方。还不止这些，桌子上放着一盘新鲜的凉拌莴苣、小萝卜，还有很嫩的酢浆草及蒲公英叶子。但那个穿斜纹棉布的小矮人，却不见踪影。

格丽丝尔德自己就是一个很好的家庭主妇，但她还从未见过厨房是这个样子。它就如同雏菊一样新鲜。格丽丝尔德开始唱起歌来，这正好和水壶的歌声相呼应。用拿回家的蛋和牛奶弄了蛋羹后，她爬上楼去看祖母了。

"奶奶，"她说道，"你还好吧？我回来了。我一分钟都没有耽搁。你一定饿了。"

老太太说她整个上午都半醒半睡的，她就在床上从窗户往

外看海。因为窗户的对面就是古堡城墙上以前窗户留下的一个破洞，老太太可以从那里来窥探外边的世界。

"还有其他的吗，奶奶？"格丽丝尔德问道。

老太太从枕头处小心打量了周围，好像害怕被偷听一样，然后她告诉格丽丝尔德下次出门时一定要把门闩上。她说屋子里有东西走来走去的。"所以我得小心提防着。"她补充道。

格丽丝尔德从窗格往外看去，她的头比祖母的枕头要高得多，能够看到下边的绿色的院落。那个穿斜纹棉衣的老头站在那里，正抬头看着她。

一两个小时后，太阳从村后的青山坠了下去，格丽丝尔德独自一人坐在火堆边，腿上放着针线，外边的卵石路上传来慢慢走动的声音，小矮人出现在了窗口。格丽丝尔德衷心感谢他做的一切，然后从祖母的皮夹里取出一个从农场里赚来的便士。

小矮人贪婪地看着钱，然后用拇指指着烟囱架上的一个青灰色的壶，让格丽丝尔德把它放进去，需要的时候他再找她要。

"九天，"他说道，"我为你干九天，每天一样多的钱。你必须给我，每晚我要看着你把它放进壶里。"

于是格丽丝尔德踮起脚，把一便士放进壶里，然后盖上盖子。等她转过身来时，小矮人已经不见了。

晚上睡觉前，她从门口往外看去。除了深蓝的夜色外，一缕月光，如同鸡蛋壳那般薄悬在西边的天空中，下边就是山。格丽丝尔德对着月亮鞠了七下躬，晃了一下她口袋里的旧皮夹。

第二天她一早起来的时候，发现厨房已经打扫过了，火苗在烟囱里欢跳着，杯子盘子和调羹都放好在桌子上了。灶台上一碗牛奶稀饭正冒着热气。格丽丝尔德把稀饭端上去给祖母时，老太太的眼睛睁得大大的看着她，格丽丝尔德刚刚才出去一分钟啊。她抿了一口，砸了一下嘴唇，又再尝了一下，然后问格丽丝尔德里边加了什么。这可是她从未尝过的东西啊。格丽丝尔德告诉她这暂时还是一个秘密。

这一天农夫让格丽丝尔德把一些老的金棕色的母鸡拿到市场去卖。"它们以前过得不错，但现在该拿来吃了。"他说。听说她祖母好点了后，他又让她干到下午晚些才走。格丽丝尔德忙碌着，为老母鸡难过，一边欢快地想着自己的工资。农夫又给了她两便士，另外还又多给了她一便士，这一次不是为她金色的头发，而是为她"玻璃灰一样的眼睛"。现在她的钱夹里有五便士了，除了昨晚上给小矮人的一便士外，剩下的都在这儿了。

格丽丝尔德回到家时，厨房不仅比以前更明亮、更整洁，铁架上的壶里正在炖着肉汤，从味道来看，不但有萝卜和洋葱以及

163

草药，还有一只野兔。另外，还新开了一长块花园，里边栽了三排白菜，就如格丽丝尔德料想的那样，还栽了两排宽宽的黄豆和豌豆。小矮人做得还真不错啊。

很准时——就在太阳从山上落下去那一刻——小矮人到厨房来要工资了。格丽丝尔德微笑着谢了他，然后拿出了一便士。他认真地看了这便士，又看着她。然后他说，"把它放进壶里去吧。"现在青灰色的壶里有两便士了，格丽丝尔德的钱夹里还有四便士。

日子慢慢地流淌着。祖母逐渐好转起来了，第二个星期天——用披肩把自己包裹得像一只龟壳里的猫一样——格丽丝尔德站在窗边。大多情况下，她会一早到农场或到村子里干活，偶尔会待在家里和祖母一起做做针线活，或修补或找点其他事来做。

她在家时，从没看到过小矮人，虽然他很可能就藏在花园里。祖母却常常说起格丽丝尔德不在时家里的各种怪声。"厨房里一定有一些猪，一定还有老母猪呢！"她会说。

第八天，农夫不但给了格丽丝尔德两便士的工资，还多给了她一便士，那是因为她"脸颊上的酒窝"，只是第三个便士上有一个洞。"那是幸运的标志。"农夫说。女孩又快乐地回家了。她很希望和小矮人一起同享这份幸运，当小矮人傍晚来时，她便把那个有洞的一便士放进了青灰色的壶里。小矮人还是用他那无色的眼睛盯着她的脸，一言不发，然后看着她把钱放入那个壶，然后很快就消失了。

"那个格丽丝尔德，就是那边城堡的那个，"晚上时农夫对妻子说道，手上拿着蜡烛，两个人准备睡觉了，"我看她穿得又干净，又乖巧。如果她能把每一便士都好好保管的话，我敢保证她也会保管好每一英镑的！"

第二天傍晚，太阳落山之前，格丽丝尔德坐在那里等小矮人。她从未那么开心和轻松过。今天是第九天了，她已经准备好九便士给他了——一个还在她钱夹里，另外八个在那青灰色的壶里。农夫答应她想干多久就干多久，祖母基本上痊愈了，茶几上不再总是空空如也，她真的是无比感激啊，好像快乐都从她身上冒出来了。

落日的余晖中树木好像披上了来自天堂的绿色外套，小路上的草已被除干净了，石头也是干干净净。她把针线活放在腿上，坐在门槛那里，喝着手里拿的东西，一双眼睛灰而清澈，好像在思考着什么。斜纹棉衣的小矮人做的这一切，还有农夫的儿子，昨天回家路上跟她走了老远。她开始琢磨起来。

刚刚才出神一下，石头相碰的声音让她醒悟过来——落日中

165

最后一丝余晖下——小矮人站在花园小路的鹅卵石上。他说他九天的活已经干完了，他是来拿他的工资的。

格丽丝尔德招手示意他到厨房来，她不断地感谢他的帮助和和善。然后她把钱夹里最后一个便士拿出来放到桌上，踮起脚取下烟囱架上的青灰色壶。突然之间，她的心一下凉了。取壶的时候里边竟然一点儿声响也没有。就像一片羽毛一样。最后她用颤抖的手指揭开了壶盖。"天哪！"她叫了起来。"有人……"她的眼前几乎一黑，壶里空空如也。

小矮人站在过道上，急切而冰凉的眼睛看着她的脸。他粗声说道："钱呢？干吗让我等，小姑娘？快回答我！"

格丽丝尔德只有看着他，手里拿着空壶。他的眉毛开始上下抽动，显然是发怒了："钱不见了，嗯？我的钱都不见了，嗯？你骗了我！嗯？想骗我？"

格丽丝尔德再怎么也难以说清了！他不想听她解释。她越让他耐心等，表示会把欠他的钱给他的，他会变得越生气。她脸颊上流下的两行眼泪只会让他更加愤怒。

"我给你一天时间，"最后他大吼道，"一天！明天太阳落山前我会过来，你把钱准备好。我所做的，我也可以废掉！哼！哼！明天来！"说完这些，他跌跌撞撞地走出花园消失了。

格丽丝尔德痛苦不堪，一片茫然，她坐在那里，头脑一片空白，心里一阵冰凉，望着门外。这些便士会到哪儿去呢？老鼠是不会吃它们的。谁会偷走它们呢？她一天时间怎么能挣那么多钱呢？

　　"奶奶，今天你有没有听到房子里有其他声音？"她把肉汤端到奶奶那瘦削的手里时，小心翼翼地问道。本来已经很饿的老太太，听到这样的问话一下子就来脾气了。每天老太太都说当她去干活时有东西在下边的屋子里活动。"你从不在意，你从不当回事，"老太太数落道，"这下晚了。我今天什么也没听到。"

　　天色全黑了，老太太就喜欢夜晚。格丽丝尔德又慢慢摸到厨房里去。她彻夜难眠，已经决定该怎么做了。在给祖母留了肉汤并等她安然入睡后，格丽丝尔德悄悄溜出房子，轻轻关上身后的房门。她在爬满常春藤的墙下摸索着到了开阔地带，然后在宁静的月光下沿着陡峭的长满草的悬崖边尽可能敏捷地攀爬着。一只猫头鹰叫了起来。悬崖的下边传来潮水柔和地击打着海岸边石头上的声音，海上的天空中星星不停地闪烁着。

　　当她到达农场时，上边的窗户还有微光。她看了一下，有身影在百叶窗处走来走去，最后还是鼓足勇气扣起门环敲响了门。农夫开了门。他手上拿着烛台，穿着衬衫，越过蜡烛往外看，惊

167

讶地看到这么晚了还有人裹着披巾站在星光下来找他。但他还是客气地问她有什么事，格丽丝尔德便把过程一口气倒了出来，当然她没有提到小矮人。

她对农夫说她遇到了大麻烦，然而她却不能告诉她原因，她必须要在第二天傍晚前找到八个便士。要是他能借给她并相信她的话，作为交换她愿意帮他干活，要多久就干多久。

"行，"农夫说道，"听起来有点儿奇怪，但你可以再干四天，我就可以给你八个便士了啊。"

格丽丝尔德摇了摇头。她说不行，她不能等，即使等一天也不行。

"那这样，"农夫暗自笑道，他很好奇她准备把钱拿来干什么。"明天我这里没有活，下一天也还不一定。假如整个一周都没有活干的话，你把你的那头金发剪了给我，你就现在可以得到八便士了——就现在——不要问为什么。"

格丽丝尔德一动不动地站在门道上，在农夫的烛光下，她的脸色苍白，神情肃穆。她想到了在鸭塘里欣赏自己头发的事情，想到了自己不注意保管钱的事情，想到了小矮人叫她做的而这不是她心里想做的事情。农夫回去笑着告诉妻子发生的事情。"她面色苍白得如同一张床单，"他说道，"我真的很想知道那个可怜的宝贝到底遇到什么事了。我只要了她的一撮头发作为信物。"

"对我来说，"农夫的妻子说道，"那倒好像是对我们的思蒙说的。"

当格丽丝尔德回到家后——一次难受而孤独的行程——她到了藏有自己几样"宝贝"的木头保险箱那里。很多是她母亲留下的纪念物。她拿出一个母亲小时候用来扎头发的网罩，把头发尽可能紧地编起来，又用网罩笼上系牢。然后她把装有九便士的钱夹放在枕头下，祈祷了几句，就上床睡觉了。

第二天她一直待在家里，担心小矮人一大早就来，但直到日落时分她才听到往常熟悉的鞋子踩在石头上的声音。她拿出钱夹把钱给了他。他问她从哪儿得来的钱。"为什么？"他问道，"你把头发编得那么紧还用网把它罩住？你害怕鸟儿们啄它吗？"

格丽丝尔德不禁笑了起来。她告诉他，她已经把头发答应送给一个朋友了，把它系牢在头上是要提醒自己头发已不属于她了，所以要保护好头发。听到这儿，醋栗丛下的小矮人不禁发出一阵大笑——由于害怕祖母听到他们的谈话，格丽丝尔德把他带到了花园里。

"真是一笔不错的交易！"他说道，"但我晓得还有更好的交易！"他告诉格丽丝尔德如果让他剪下一小缕她的头发，他便

169

把她送到海下的顽童世界去。"在那里,"他说,"如果你每天为我们干一个小时,干七天,你就会得到你所有头发重量七倍的纯黄金。之后,如果,"他狡诈地看着她,"你愿意回来并和我们住在一起的话,你会得到我们秘密果园里的一篮子水果。"

格丽丝尔德看着小矮人,又看了看林子里小而绿的醋栗果,又默不作声地看看地上长着的雏菊。然后她对小矮人说她已经把头发答应送人了,不能再送给他了。而且,她还要免费再为他干九天活。

"那也行,"小矮人说,"头发不行的话,睫毛可以吧。不然你永远不会看到顽童世界的石窟的。眼睫毛就可以供你作旅费了。"

这一点她同意了,然后蹲在醋栗树的旁边,闭上眼睛好让他拔掉一根眼睫毛。她觉得他那粗短的带泥土味道的手指扫过眼睑,其他再没什么了。

当她睁开眼时,周围一切都变了——花园、小屋子、城堡、破败的塔楼、悬崖、大海和岩洞——都不见了。没有傍晚日落的余光,也没有海风和空气的争鸣。这是一个完全寂静的地方,光线微弱,呈现一片浅绿。在她的周围,可以看到微弱的光线从石窟里采来的石英上发出。能够听到唯一的声响是来自远方的悲鸣，好像是潮汐的声音。

这儿也有很多树，在顽童人的世界里，它们纤细的树干置身于洁白如霜的沙滩中。枝丫上满负着色彩斑斓的水果。鸟的歌声真的很迷人，虽然看不到它们的踪影。

小矮人拿了一些小篮子来，告诉格丽丝尔德她该做些什么。"把那些掉下来的果子捡起来，"他说，"不要摘树枝上的水果，按照类别和颜色分开装，每个篮子装一种颜色。不要爬到树上去或把它们摇下来。时间到了我会再过来。"

格丽丝尔德马上开始干了。树枝上结满果子却没有掉多少下来，把水果分别装在篮子里料想也花不了多长时间。然而，洞窟中稀薄的空气和昏暗的光线让人昏昏欲睡，当她再次弓腰捡地上的水果时，她的眼睑如此沉重，以致她担心随时可能会睡过去。一旦她睡着了，还有什么会发生呢？她会再次回到地面上吗？这只是一场梦吗？她用岩石处流出的冰冷的河水刺激了一下自己的眼睛。此时她好像听到远处传来的微弱金属碰撞声，还有人的声音。即使所有掉下的水果被分别放进了篮子里，翠绿色、橙色、紫晶色、水晶色，还有蓝色，她的任务还没有完成。当她坐下休息片刻时，又有水果软软地掉在了草丛深处的沙子上，她又不得不赶快把它捡起放到篮子里。

　　小矮人回来了，他看看周围，沙地上没有落下的水果了。然后又这儿瞧瞧，那儿瞅瞅，还把篮子里的水果翻了一遍看是否有放错了的。"不错，格丽丝尔德，"他最后说道，这是他第一次叫她的名字，"要想干得好就得好好干。这是给你的工资。"

　　他的眼里露出一种狡诈的目光，慢慢地把手摸索着伸进吊在他身边的斜纹棉布口袋里，取出了他的便士。格丽丝尔德伸出手去，他便把便士放在她的掌心，边放边看着她。她看了又看。这是一枚很旧的，比较厚的便士，国王的肖像已经磨损得很厉害了，边缘也有点弯曲了，中间还有一个洞。毫无疑问这就是上次农夫给她那枚便士，"幸运星。"格丽丝尔德才意识到就是这个斜纹棉布衫的小矮人自己从壶里偷走了那些便士。现在她可以确信无疑了。她看着那枚便士，什么也没说。她想了下，那些钱本就属于他的，他有权拥有它。你不能偷属于自己的东西吧！但是，撒谎和偷窃不是一样的严重吗？也许他不把这当作是撒谎吧。也许他只是想看看她会怎么做和怎么说。也许这只是个小矮人的谎言，虽然他对她的友好并不仅仅局限于小矮人的那种善良！想到这儿她不禁笑了起来，再次抬起了头，看到小矮人也在看着她，便对他微微一笑。然后她感谢了他。

　　看到这儿他大声笑了起来，石窟的屋顶和墙也都随着这笑声发出回声，至少又有好几个水果从树枝上软软地落在了沙地上。

"啊哈，"他叫了起来，"我告诉你什么来着？不要再哭，格丽丝尔德。刚才给了你一便士，这是剩下的。"他从袋子里拿出来，然后交到她手里，这八个便士是刚刚她才给他的。

"格丽丝尔德，"他说道，"如果你能待在我们这里，你再也没必要干活了，再也不用拌奶油和除杂草，也不用做针线活和洗刷东西了，不用煮饭和擦东西，还有叹气和哭泣都不会有了。你有的只有快乐和永远年轻。你还不必剪掉哪怕一根你的如丝般柔软的头发！"

格丽丝尔德看着他轻轻地摇了摇头，但她和他说好，每年她都会来这石窟为他们干活——只要他来接她——夏季的整整一天时间。这就是他们达成的交易。

然后他从屁股后面的包里掏出一根金条，和英国皇冠的大小差不过，把它放到她的手里。金条的一边是美人鱼的印记，另一边是一棵栽在沙地上结有小水果的树。"那是信物，"他说，"没有付出就没有回报，我会把你的睫毛还给你的。"

格丽丝尔德跪在沙地上，充满泥土气息的手指遮在她的眼睑上。接下来一切全黑了。一阵微风吹过她的脸颊。她睁开双眼发现自己又是独自一人在夜空下。足以证明刚才不是在做梦的是，

上边有美人鱼形象和长满枝叶的树印记的金块还在自己手上。

至于眼睫毛，格丽丝尔德在小矮人拔之前从没数过她到底有多少，她也就没法确认是否已经复原了。但当她告诉思蒙，就是农夫的儿子，她可能少了一根睫毛——她不能再多讲了，因为她答应过小矮人的——他便帮她数了又数。然而每次数下来数目都不相同，他向她保证，那里不可能再长一根睫毛。格丽丝尔德拿了一个石窟里小矮人篮子里的青色水果当作礼物送给思蒙。这也算是一个信物。"硬得就像石头一样，"他说，"格丽丝尔德，你要吃它吗？"

虽然很硬，果子里一定有一些神奇的力量，当他们一块坐在鸭塘边柳树下时，他们不是被送到了海下顽童世界的石窟中，倒好像是回到了伊甸园里一样。

至于格丽丝尔德的头发，又像当初一样浓密闪亮了。农夫呢，他坚决不要还给他的那八个便士。

"这太不可思议了，"他对妻子说道，他们一道坐在灶火的两边——就像他们习惯了坐在夏日高高的天空下一样。"太不可思议了，我们现在的农场以前就是那个女孩的曾曾祖父的！"他长长地吸了一口烟，"那农场过去就是他们的，他们拿回去后，要懂得如何管理。"

候鸟

汤姆·内维斯能够回忆起的最久远的事，便是他十岁时见到的情景。那个三月的清晨以后，许多年过去了，汤姆最终顶着炎炎烈日，离开了家乡，远离了英国。然而，那片久远的记忆，一直静静地浮现在脑海中，如同星星把银色的光芒洒在远方山顶的积雪上，几乎就未动过。这记忆深埋在心里，就像被封闭在琥珀块里的小昆虫。它们的翅膀还和生前到处飞舞时一样，经年累月之后，依旧栩栩如生。

很少有人能有汤姆那样的经历。那些孤僻的人更常遇到这种事情——就是那些喜欢独处、爱做白日梦的人。要是发生在别的时候，它们不会给人留下什么印象，因为大家可能在谈笑或忙碌，忙着处理着手边的事情，也可能在看着书或思考问题。这样的话，就不会有人在意这些事。

175

汤姆总是离群索居，自得其乐。自小时候起，他就喜欢一个人独处。他会在门边或台阶上一坐就是个把小时，茫然地看着田野，目光要么追随着云层在绿色田野上投下的阴影，要么去追逐四处游荡的风，它让高高的青草和杂草纷纷弯腰。一只奶牛在毛茛丛里一路吃着草，不时甩打着尾巴，偶尔还会用软软的鼻子来回蹭桂皮色的肩膀。汤姆看到这些，也会开心不已，好像这就是他最开心的事了。

汤姆尤其喜欢在月亮出来的晚上，观看窗外的景色。不仅是冬天地上积雪和打霜的时候，还有五月和夏天，月光就像一层银色的白纱，静静地倾泻在树梢头、草地上和田野里。月亮总在不断变化：有时是一弯新月——在西边落日余晖下像一个银色或铜色的线圈；有时，天空中就只有它自己的身影，在早晨的蓝色天幕上流连，仿佛晚会早已结束却仍然亮着的那盏灯笼，还在寻找合适的同伴。

汤姆可能比大多数孩子都更孤独，这都源于他在三岁时摔的那一跤。当时，他有一个叫爱丽斯的保姆。一天早上，她像往常一样让汤姆坐在婴儿餐桌边，桌上放着装面包和牛奶的碗。窗户边突然传来什么声音，爱丽斯马上转头去看。而他呢，可能是想看一下她在看什么，便从座椅上跳了起来，固定椅子的木条一下滑了出去。结果，他仰面朝天地摔在了地上。

　　这一跤摔坏了汤姆的左手臂。医生们虽然尽了力，还是没能让它像右手臂那样生长。它萎缩干瘪，变得几乎毫无用处。手指也有点僵直，只能做些简单的事情。游戏当然不是汤姆的长项，在他身上也很少见到同龄人的影子。在那伤心的时刻之后，爱丽斯哭了差不多半个晚上，但他俩反而因此更加热爱对方了。现在她已经结了婚，在附近的镇上经营着一家蔬菜水果店，汤姆一有空就去看她，在那里一边吃着她店里的苹果、梨子，一边在阳光

下愉快地聊天。

那场意外已经过去了很久了，汤姆几乎忘了自己的双臂曾经可以运用自如。他已经习惯了搭在肩膀上那只软绵绵的手臂，就像一个人习惯了自己的歪鼻子、竖耳朵或斜眼睛一样。尽管这使他意识到，自己不能像别的小孩一样轻松地爬树和玩游戏，尽管这使他变得像个稻草人一样，但比起大多数别的孩子来，他更能保持自我，不受外界影响。虽然他从未承认这一点，当然也从未对别人说起过，然而他的确非常享受独来独往的生活。这一点不像——因为也有可能像——住在一间空屋子里，而是像住在一间有魔力的屋子里。你根本不知道里边会发生什么，虽然一切都显得那样宁静——窗口的太阳，走廊里模糊的树影，碧绿色鱼塘里的池水，还有果树园里交错纠缠的丫枝。

除了身体上显得相当特别的原因——比年龄小得多的身材，窄窄的肩膀，瘦骨嶙峋的脸，浅灰蓝色的眼睛以及头顶上高耸的僵硬头发，他的内心其实也有点不同于常人。他不停地编故事，即使没人愿意听。他那位黑眉毛的姐姐几乎没有时间，爱丽斯嫁人后另找的保姆也没有耐心来听他讲，但他仍然热情不减，不厌其烦地讲给自己听。姐姐艾米莉去世后，他好像比以前更喜欢看月光和做白日梦了。

他还有一些比较奇特的小习惯。当他从卧室下楼的时候——除非特别匆忙或父亲有事叫他——他总会在狭窄的楼梯上坐一会儿，透过高高的落地窗往花园里看。对他来说，好像总有看不完的东西，尽管没看到什么特别的东西：只有长满青草的草坪，红醋栗树林和智利南美杉，也许有只猫在小心翼翼地忙碌着，随处可见的画眉鸟、山雀、知更鸟以及红砖墙上的阳光。还有一些谁也叫不出名字的东西。

他还有一个嗜好，每当他经过老牧师住宅下面的地窖时，他都要弯下腰透过钥匙孔往里边看。他还不如抬头看看烟囱，因为透过钥匙孔的光线更加暗淡了。地窖里除了几样废弃的旧家具、几个空酒瓶、空洗衣篮和一个破旧的摇摆木马，就再也没有其他东西了。不过，汤姆每次从那儿经过时，依然弯下身子，眯缝着眼睛透过钥匙孔往里看，去闻那发霉的味道。

汤姆的怪癖还不止此。比如说，很久以前他给自己立了一条规矩，只在特定的时间做固定的事情。比起多数男孩，他不太在意洗衣服这类事情，然而他却总是在星期五来个彻底的"大扫除"，尽管大家一般都在星期六做这些事情。他会在某些夜晚出去"散步"，这样的夜晚要么雨水不断，要么花枝凋零。他每个月也会到姐姐艾米莉的坟头去看看。

　　姐姐死于四月十二日。除了姐姐的生日，每月十二日汤姆都要纪念一番。如果时间、条件都允许，他会选一束艾米莉或他自己最喜欢的花，或他们俩都喜欢的花去纪念她。教堂墓地的直线距离并不远，可他又养成了不直接去教堂墓地的怪习惯，好像那样太容易了。他沿着一条草路绕过去，至少比走村道要远四分之三英里。

　　日落西山黄昏来临时，每月去看望姐姐的行程，都让汤姆倍感孤独，比其他时分更加凄凉。他坐在教堂墓地紫杉林下边的旧凳子上，久久不想起来。最初去看望姐姐的时候是满腹忧伤。艾米莉去世的时候，整座牧师住宅、爸爸、姐姐和女仆们，仿佛全都被笼罩在一片阴冷的浓雾之中。房间里曾经熟悉的一切，突然之间变得陌生而令人感叹，好像在提醒他们，已经消失的东西再也不会回来了。当然，虽然没人会真的忘记发生过的事，虽然他常常注意到爸爸会突然中断正要说的话：只因爸爸难以忍受艾米莉的名字带来的悲痛。随着时间的流逝，生活又开始慢慢恢复了原状。

　　刚开始的时候，汤姆的姐姐——黑头发埃斯特，还常常和他一道去墓地。但不久之后，她有了许多要操劳而开心的事，因此不再有时间陪弟弟。另外，他们在一起大部分时间都争吵不休，几乎没有取得过一致的意见。汤姆独自去墓地已经有很多个月了。他太熟悉每个月的墓地之行，犹如他熟悉自己身上的衣服一样。每次出发，他都希望能再见到姐姐艾米莉；每次回家经过牧师住宅时，他都在想，不能把姐姐带回家，也许是好事。他始终相信，无论姐姐身在何方，都会快快乐乐的，而且永远都那么年轻。实际上，当他坐在凳子上看着那碑石，心想自己什么时候也会躺在这里时，姐姐的灵魂好像就在他耳边低语。之后，汤姆好像就从最初的闲散变得有点癫狂了。

汤姆还有一种比较奇特的情况。他喜欢思考脑子里想到的每一件事，而且会越想越迷惑。而大多数人不会老是去想那些艰难而烦心的事情的，他们会驱散那些念头，就如同赶走花园里的一条陌生狗，或从明媚的房间里驱走黄蜂一样。汤姆却总是用最实际的方式去思考那些事情。比如，他十岁时知道的挖墓知识，就和六十岁的教堂司事知道的一样多。想到草地下面那些骸骨，他一点儿也不感到害怕。当然，他心想，如果情况如自己所想，就没有什么东西会更加丑陋。既然如此，又何必害怕那些东西呢？

这并不是因为汤姆不喜欢活在这个世界上。对他来说，生活有时就是痛并快乐着。他和爱丽斯谈过这事，也和艾米莉说过，有时是坐在阳光明媚的绿色河岸边，有时坐在干草地里，

或者在他们才知道的那个林中池塘边。对自己的未来，他曾有过很多想法，但在那时，他从未想到过，自己会远行，会在那么小的时候离开英国，而且一去不复返。那天下午，在保姆爱丽斯的丈夫的店铺里，他和爱丽斯进行了一番交谈。这次谈话让他明白，自己天生是个旅行者，尽管自己胳臂残废，瘦骨嶙峋。那次交谈是在三月的一个早上，当他从惯常的坟墓之行回来的时候发生的。

一阵微弱但凛冽的东风吹来。除了南边的天空有一些像山峦般的银色云彩外，整个天空一片湛蓝。阳光如此灿烂，仿佛它背后的一面水晶反光镜把天上的光线反射到了大地上。田里有几枝水仙花开了，长着光滑铲形叶的白屈菜也开花了；树篱也开始快速抽芽。远远望去，就像上面笼罩着一层淡淡的绿色雾霭。经过冬天的休整，草已经开始生长，乡间的鸟儿忙碌地飞来飞去，仿佛时光都融化在这阳光中了。汤姆没有沿着来路从教堂墓地回家，而是从一扇小门走进了桦树和榛子树丛生的树林，然后从一片大草地的转角处转出来，草地正对着老农场。

过去一周里，这里下了几场大雨。汤姆像往常一样，心不在焉地沿着草地边缘的小路走着。他抬眼一看，吃惊地发现，前面竟然出现了一泓池水，以前这里是没有水的。很显然，是上周下的雨水汇集而成的。灰色的雨水在那里漫延，波光闪闪，映照出天空和长在水塘边不远处正在发芽的树木。这一片新出现的水面上，游动着两只陌生的鸟儿。他以前从没见过这种鸟，不过他估计是迷路的海鸟。它们浑身雪白，在这个偶然出现的水塘里尽情嬉戏，仿佛这里是它们的避难所，是它们一生下来就梦寐以求的约会之地。

汤姆注视着它们，站在那里一动不动，生怕眨一下眼都会打扰它们的快乐嬉戏。最后，他还是鼓起勇气，一点儿一点儿地悄悄靠近它们。他看到了鸟儿头上闪亮的眼睛，翅膀上雪白的羽毛，和波光粼粼的浅水中倒映出它们琥珀色的喙。它们好像一直在一起。它们梳理羽毛，发出欢快的低鸣声，仿佛在倾诉着彼此的秘密。它们时不时停止梳理打扮，静静地浮在水面上，享受着银色的阳光。汤姆仍然怀着贪婪的渴望盯着它们。奇怪的是，两只小动物竟然没有被吓走。汤姆觉得，自己在三月的天空下看它们，仿佛已看了许多年。他时刻担心它们会突然展翅飞走。那样的话，就宛如他内心深处失落了什么东西。

他嘴里低声念叨，好像在劝它们待在那里，不要离开。它们也许是人类的化身。它们浮在水面上，相依相偎，自然和谐。汤姆再次觉得，整个世界和自己都进入了一种梦境。他站在那儿看

它们恩爱的样子，仿佛转眼之间几个世纪就这样过去了，犹如农场上枝繁叶茂的大橡树，春去秋来，年复一年地开花结果，直到今天。

让人称奇的是，两只奇特的鸟儿后来好像也不怕他了，尽管它们所在的这个雨后形成的草地浅水塘不超过十一步宽。它们用好奇而明亮的眼睛注视着他，似乎想告诉他一个秘密，这秘密来自于它们头晚离开的遥远故乡，仿佛这就是它们此行的目的。它们雪白的羽毛溅起的水珠晶莹剔透，就像不断变化的银色和水晶色，不过还比不上它们明亮的眼睛。它们脚蹼上的红色在灰亮的水下显得十分鲜艳。它们喉咙里发出微弱的鸣叫，虽不如田凫或红雀的叫声甜美，但也轻柔悦耳。

汤姆古怪的心思又陷入了白日梦状态。他站在那里——穿着那件老式夹克，帽子扣在有弹性的短发上——站在微微吹过的刺骨东风中——这风吹过草地，吹过屋顶，吹过红砖农场的烟囱……那天晚上，他从睡梦中惊醒过来，好像突然听到一个声音在呼唤他。想象的情景栩栩如生，那天的场景透过眼前的晨光，又清晰地浮现在脑海中。

之后几天，汤姆没有再去看那片草地，这似乎有点不可思议。有几次他朝那个方向走去，还没看到那个农家院子，就转向了别的方向。最后，接近傍晚的时候，他终于回去看了，那里已经完全变了样。风不再是东风，变成了南风。高高的云层屹立在湛蓝的天空，如同白雪覆盖的群山。春天的气息充满香甜的味道。树篱上暗黑色的芽已发出了第一片绿色的嫩叶，画眉在榆树枝头歌唱。但是，山谷里的雨水塘消失了，已经被风和阳光召集到了天空中，只剩下更新更绿的小草。那两只鸟儿飞走了……

七月的一天，汤姆去看望他以前的保姆——爱丽斯·哈伯德。结婚以后，她长胖了。汤姆和她坐在商店后面拥挤的小屋里，透过屋里的箱子往街上看。各个箱子里装满绿色的豌豆、土豆、胡萝卜、甘蓝和生菜，还有卷心菜和薄荷，满篮子的醋栗、葡萄干、草莓，最后还有樱桃。在爱丽斯为他挑选草莓时，他向她讲起了自己的经历和打算，也说到了新保姆和老牧师。每当她把拇指和其他手指停放在篮子上稍作歇息时，便会对汤姆说，"天呀，你真了不起！"或者"汤姆，你真行。"突然，满池雨水和两只奇怪鸟儿的记忆又掠过他的心头，他一下沉默不语了。爱丽斯把一碟草莓和一根蓝白相间的冰激凌放到他面前，好奇地看了看汤姆瘦削而丑陋的脸庞。

"你在想什么呢？"爱丽斯问道。

一位戴黑帽子和围巾的老妇人走进了商店。之前，她一直

在靠近窗子的过道上看水果，爱丽斯
便出去问她想买点什么。汤姆看着她
们俩，看着土豆被称重，看着薄荷被
放到秤上，随后又看到一匹深灰色的
高头大马从外面经过，驮着一些砖，
马背上坐着穿黄褐色衣服的马夫。接
着，爱丽斯又回到了小屋子。汤姆就
把鸟儿和水塘的事告诉了她。

　　　　　　　"上帝啊，
　　　　　真的太奇怪了，
　　　　　汤姆少爷。"爱
　　　　丽斯说，"那天早上你去过哪里？"

　　汤姆告诉她，自己去过教堂墓地。

　　"亲爱的汤姆，你知道，"爱丽斯小
声地说，好像生怕被人听到，"你知道你
不该经常去那里的。那样对你不好。你经
常想得太多。乔说你不会相信我在这个小
店里有多快乐，汤姆少爷，不过我绝不会
忘记那座牧师老宅和你母亲的善良——但

是乔说，一个人不应该老是去想那些事情。他的意思是，不要再执迷不悟。他说，如果我们大家都成天想入非非，这世界不知会怎么样。你现在看起来比以前更瘦了，虽然你可能是在长高——而且还长了不少。"

"但那些鸟儿不是很有趣吗？"汤姆问道。

"为什么有趣呢？"爱丽斯问道。

"它们可不是普通的。我现在都不确定，它们到底是不是鸟。我的意思是，它们是不是真的鸟，虽然它们可能来自海边。我靠近的时候，它们为什么不飞走呢？它们完全看到了我。你知道我为什么会一直在想它们吗？"

"上帝保佑！"爱丽斯说，"瞧他问的这些问题！全都是为什么！你一点儿都没变，汤姆少爷。"

"是的，可为什么要变呢？"汤姆固执己见。他手里拿着勺子，目光掠过草莓和冰激凌看着爱丽斯。

爱丽斯站在桌子另一端，将一只手放在桌子上。当她扫视窗外时，蓝眼睛中流露出一阵迷茫，就像汤姆一样，她有时也会做白日梦。"哦，哦，我认为——我认为，"她最后用低沉、遥远的声音说，"你老去想那些事，是因为你没法从脑海里摆脱它们。"

　　"哦，说得完全正确，"汤姆有点不耐烦地说道，"但我想知道，它们为什么不飞走呢？"

　　"有些事就是这样，"爱丽斯说，"我自己也看过那些鸟。它们当然是真的，汤姆少爷。要不然，"她轻轻地笑了起来，"要不然你和我怎么总在谈论幽灵鸟呢。有时我站在商店里，看街道上的人们，看到顾客们走进来——给他们称东西——我都怀疑这些事究竟是不是真的。我也不知道为什么我会嫁给乔，还开了这个蔬菜水果店。相信我，汤姆少爷，这都是很自然、很正常的事情。"

　　汤姆好奇地看着她："那你认为那些鸟儿意味着什么？"

　　爱丽斯闭上蓝眼睛，站在那里思考这个相同的问题。"为什么，"她好像在梦中低语，"如果你问我，那就意味你应该出去远行。我认为这就是鸟儿所意味的事。但是去哪里我也说不清。"

　　她突然清醒过来，仿佛从短暂的冥想或梦境当中醒来，然后眼神犀利地上下打量他，好像他遇到了什么危险似的。她皱紧眉毛，好像很害怕。"你知道，汤姆少爷，"她严肃地说，"对你那条可怜的手臂，我永远都不会原谅自己。你为什么现在……好了！但人生就是一个谜，对吧？在某种程度上我认

为——虽然乔会说我们不应该沉湎于往事——人生就是一种旅程。应该往前走。"

"往哪里走？"汤姆问道。

"哦，现在可不好说，"爱丽斯说道，微笑着看着他，"但我相信，鸟儿从海上来都能找到路，人就不应该找不到自己的路。"

"你是说艾米莉找到了她的路？"汤姆说。

爱丽斯点了点头："我认为是这样的。"

"那么，我只能说，"汤姆说，"我希望它们都能够回来，还有那片水塘。它们是……是……唉，我也不知道该怎么说，是我生活当中最重要的东西。"

"还得是大小一样的整洁水塘！"爱丽斯说，再次对他微笑着。他们俩静静地看着对方。

关于汤姆旅行的事，她说得完全正确。刚二十岁多一点儿，汤姆就登上了舷梯，跨进了船舱，乘船漂洋过海，到了异国他乡，从此再也没有回来。虽然记忆中那些绿色的豌豆、薄荷和最后的樱桃并没有那两只远离家园、迎着三月的寒风栖居在雨水中的陌生海鸟那般神奇，然而它们每一年的出现，都会让爱丽斯

想起她和汤姆的那次谈话。实际上，她很爱汤姆，汤姆本来就是——尤其在那场不幸之后——她的一个养子。听到他出国的消息时，她就想起了那两只海鸟。